LETTRES

DE

M. DE CORMENIN,

SUR LA LISTE CIVILE,

ET RÉPONSES

A MM. DE SCHONEN ET CASIMIR-PERIER.

Troisième édition.

PRIX : 75 c.

> Les impôts que je lève ne sont point pour enrichir mes ministres et mes favoris, mais pour supporter les charges de l'état. *Si mon domaine eût été suffisant pour cela, je n'aurais voulu rien prendre dans la bourse de mes sujets.*
>
> Paroles de Henri IV.

PREMIÈRE

LETTRE POLITIQUE,

DE M. DE CORMENIN,

SUR LA LISTE CIVILE.

PARIS,

Chez SÉTIER, Imprimeur-Libraire,
Rue de Grenelle Saint-Honoré, n. 29,
Et chez les Libraires du Palais-Royal.

1832.

PREMIÈRE

LETTRE POLITIQUE,

DE M. DE CORMENIN,

SUR LA LISTE CIVILE.

Après la loi sur l'organisation de la pairie, la loi sur la liste civile est la plus importante de la session.

L'une a terminé la révolution sociale de l'égalité; l'autre va dresser le bilan de de la royauté de juillet.

J'ai porté les premiers coups à l'hérédité de la pairie. Si je pouvais ébrécher la liste civile!

J'ai plaidé pour la souveraineté du peuple. Si je défendais l'argent de ses sueurs contre la rapacité des gens de cour!

Mais, me dira-t-on, vous vous hâtez bien de nous faire part de vos réflexions; ne pourriez-vous les produire à la tribune?

Moi, que j'aille brûler un encens de cour dans les cassolettes du pouvoir. Que je débite, en larmoyant, des homélies sentimentales sur la pauvreté de Louis-Philippe, et sur le malheur de gouverner malgré soi, la première nation du monde! Que je me hasarde à balbutier le mot d'économie qui sent la petite ame, devant les magnifiques représentans de la nation, habitués à ne compter que par milliards! Que je me condamne à subir les murmures serviles de quelques flatteurs! Non, je n'ai pas cette fantaisie là. Est-ce qu'on peut monter sans effroi à cette tribune de vérité, où chaque orateur, tout en assurant qu'il va se faire voir, se déshabiller, se mettre à nu, ne dit cependant jamais que la moitié de ce qu'il veut, de ce qu'il sait, de ce qu'il pense? Est-ce qu'on peut, comme il le faudrait, délibérer une liste civile dans une chambre qui renferme plus de cent fonctionnaires élus par la royauté qu'il s'agit de doter? Est-ce que plus vous chargerez de mets la table du festin, plus vous ne rencontrerez pas de parasites qui voudront s'y asseoir? Est-ce qu'avant que tels ou tels orateurs ministériels ne les aient vociféré à la tribune, colporté dans les rues de Paris et affiché sur les murs des trente-huit mille communes du royaume, je ne pourrais pas répéter tout ce que contiendront leurs superbes discours? Est-ce que je n'ai pas pénétré le secret de leurs royaux attendrissemens? Est-ce que je ne sais pas d'avance et par cœur toutes leurs pensées?

A peine aurais-je articulé le mot impertinent de réduction, qu'il me semble déjà les entendre crier: A l'ordre! C'est un factieux. Comment factieux? Oui, c'est un factieux. Il veut des économies. Point d'économies! L'économie ruine les états. Qui donc achevera le Louvre que n'a pu terminer Napoléon, maître de l'Europe, avec tous ses trésors, si ce n'est le roi! Qui éclipsera pour la félicité de la France, le luxe insignifiant des empereurs d'Autriche et de Russie, et qui nous fera une belle petite monarchie, comme dirait M. Thiers? qui fera fleurir les arts dont l'éclat n'a jamais brillé plus vif que sous la république, avec les David, les Drouais, les Gros, les Girodet, les Gérard? Qui meublera, avec quelques valets courant les uns après les autres, les vastes galeries de Versailles et de Fontainebleau? Qui fera retentir des sons du cor, et de l'aboiement des meutes, les hauts chênes de Sénar et la forêt séculaire de Compiègne? Qui soutiendra les théâtres où le public ne va plus? Qui donnera de la gloire à la France, des bals aux marchands, du goût aux artistes, de l'inspiration aux poètes, du talent aux acteurs et de l'esprit aux sots? Qui fera produire aux bois de la couronne, le double de leurs revenus, en récépant les tirés, en rapprochant les coupes et en abattant les futaies? Qui obtiendra, pour le grand encouragement de l'industrie, le monopole des porcelaines blanches, peintes et dorées, des tapis de cachemire et des médailles? Qui nous procurera le bonheur ineffable de voir, pour la modique somme de 120.000 fr. par an, des jumens françaises disputer aux étalons de l'Angleterre, le prix de mille écus dans les courses du Champ-de-Mars? Qui fera corriger les plats dessins de Lenôtre, et arrondir par Monsieur Fontaine, cette ligne trop courte, trop droite, qui conduisait le public de la rue de Rivoli au Pont-Royal? Qui donnera à dîner aux officiers de la garde nationale, lesquels pourraient tout aussi bien aller dîner chez eux que les simples soldats leurs camarades et leurs égaux?

Qui accordera des pensions à ceux à qui les lois en refusent? Qui soulagera la misère des pauvres avec l'argent des pauvres? Qui représentera la dignité richesse, de cette humble, de cette indigente France? Qui entretiendra dans un bel état de réparation ces villes de pierre qu'on appelle châteaux, et dont la toiture couvrirait quarante-deux arpens? Qui pourrait loger somptueusement tant de princes et de princesses, à chacun desquels il faut au moins un palais de ville et un palais des champs? Enfin, qui continuera à récompenser, à préférer à tous autres, les hommes de juillet, de qui seuls il tient sa couronne, si ce n'est le roi?

Et puis, c'est un si excellent prince! Il a fait un si prodigieux sacrifice en acceptant la plus belle couronne de l'univers! Il est si reconnaissant! Il est si prévoyant! Il est si désintéressé! Il est si économe! Il a un goût des arts si parfait! Il a tant d'intelligence pour la bâtisse! Et vous regardez à quelques millions de plus ou de moins! Le peuple s'embarrasse bien vraiment, de payer de nouveaux centimes additionnels pour son généreux, son puissant roi qui allège les impôts, qui fait prospérer le commerce, qui dicte ses volontés aux cabinets de l'Europe! Ah! le séditieux, qui refuse si méchamment de voter une grosse liste civile! A bas le puritain! à bas le vandale! A l'ordre, à l'ordre!

Quand ces Messieurs auront cessé de crier, j'espère qu'il me sera permis de leur répondre. Ils ne pourront se plaindre, du moins, que j'aie oublié un seul de leurs argumens, et puisque cela leur fait plaisir, je vais les reprendre et les réfuter.

« Il faut, dit-on, que la royauté soit forte pour être respectée, et pour être forte, elle doit être riche. »

Je ne croyais pas, je l'avouerai, que les nécessités d'une grosse liste civile fussent entrées pour rien dans les déterminations des vainqueurs des barricades. Ils ne virent dans la royauté que l'unité du pouvoir. Ils prirent Louis-Philippe par les raisons que voici :

Il était là, et dans les révolutions qui vont vite, ce qu'il faut et ce qui réussit, c'est un prétendant tout trouvé.

Il avait une lignée de fils jeunes et brillans ; gage de paix publique, l'hérédité rassurait contre l'ambition des tiers.

Par les souvenirs de son père, par les combats de sa jeunesse, par son opposition sous Charles X, par les couleurs de sa cocarde, par sa proche parenté, le duc d'Orléans était à l'égard des Bourbons plus usurpateur que qui que ce fût, et par conséquent, il paraissait plus que personne l'œuvre du peuple souverain de qui relève l'empire et de qui viennent les couronnes.

Le chef des parisiens insurgés avait préféré le duc d'Orléans à tout autre, et le peuple de l'Hôtel-de-ville suivait les préférences de Lafayette.

Possesseur d'une immense fortune, régulier dans ses mœurs, simple dans ses manières, affable, économe, populaire, Louis-Philippe disait et l'on croyait qu'il serait un roi sans cour, un roi bourgeois, un roi-citoyen.

De quel étonnement le peuple n'a-t-il pas été frappé, lorsqu'au bout de quelques jours d'un règne orageux, lorsqu'au sein d'une effroyable misère, on a vu tout-à-coup les conseillers de notre roi sans cour, de notre roi bourgeois, de notre roi-citoyen, demander, par distraction sans doute, une énorme, une monstrueuse, une incompréhensible liste civile de *dix-huit millions* !

Sa stupeur fut d'autant plus grande, qu'il y avait eu de bonnes gens qui s'étaient imaginé qu'un roi bourgeois, riche de 5 millions de rente, pourrait, à toute force, se passer de liste civile.

Il y avait bien un fonds de vérité dans les raisonnemens de ces bonnes gens-là, lorsqu'ils disaient : Plus de la moitié de la fortune actuelle du duc d'Orléans lui vient de la nation ; car les florissants apanages dont il jouit, sont un démembrement des propriétés de l'état; le voilà donc déjà richement doté par la nation !

D'ailleurs, on nous a promis un gouvernement à bon marché. Or, figurez-vous une liste civile de 18 milions qui s'avance en tête d'un gouvernement à bon marché !

Mais le roi est si désinteressé ! C'est pour cela qu'il ne doit pas nous demander tant.

Mais il est si économe ! C'est pour cela qu'il doit faire son service à meilleur compte.

Mais il a personnellement si peu de besoins ! C'est pour cela qu'il doit laisser davantage au peuple qui en a beaucoup.

« Comment ! diront les orateurs ministériels, vous ne » pensez pas qu'il est nécessaire, pour le bonheur, pour » la dignité du pays, que la liste civile du roi des Français, » surpasse en grosseur, en monstruosité, celle du roi » d'Angleterre, de Bavière, etc ? »

Je repondrai d'abord, que l'Angleterre est un royaume féodal, tandis que la France est un royaume républicain; qu'en Angleterre, le peuple sert le roi à genoux, tandis qu'en France on a vu des rois aux genoux du peuple; que le roi d'Angleterre, le roi Guillaume s'appelle un roi gentilhomme, tandis que le roi des Français, le roi Louis-Philippe, s'intitule le roi citoyen; que le roi d'Angleterre a besoin d'éclat pour lutter avec les fortunes incommensurables de l'aristocratie, tandis que le roi des Français écraserait par l'énormité de sa seule fortune personnelle, le plus opulent des citoyens; que les revenus royaux, casuels et héréditaires du roi d'Angleterre sont absorbés par des pensions et des dépenses publiques, et que sa liste civile a été réduite par le parlement, au mois d'avril 1831, à 12,951,750 fr., tandis que la liste civile du roi des Français se trouverait déchargée

1° de 1,875,000 francs de pensions qui grèvent celle d'Angleterre;

2° de 2,218,600 francs d'emplois et offices supprimés;

3° de 507,500 francs affectés aux honoraires du grand chambellan, du grand-maître de la garde-robe, du grand-écuyer et du vice-chambellan, pages du tabouret et gentilshommes de la chambre; tandis que nous avons lieu de croire, d'espérer du moins, que nous n'aurons plus au service du roi-citoyen, ni grands-chambellans, ni grands-écuyers, ni grands-maîtres de la garde-robe, ni pages de tabouret, ni gentilshommes de la chambre;

4° Enfin de la différence du cinquième en moins sur la valeur des denrées, fournitures et traitemens de l'Angleterre, comparée à la valeur des denrées, fournitures et traitemens de France, ou 1,470,130 fr.

Maintenant additionnez les réductions, rapprochez les deux listes civiles, et vous verrez que S. M. Louis-Philippe, roi des Français, peut tenir, tout juste, le même état de maison, avec moins de dépense encore que Guillaume IV entouré de ses hauts et bas-officiers, pour la somme de 6,880,520 fr.

Les courtisans vont jeter les hauts cris, mais voilà la vérité. Avec quelques six millions, un roi bourgeois peut faire la même figure qu'un roi gentilhomme.

Si les petites royautés de la Bavière, de la Hesse et autres, ont des listes civiles trop grosses, je les plains; et parce que les Bavarois ou les Hessois auront fait une sottise, ce n'est pas une raison pour les imiter. Il ne faut pas d'ailleurs perdre de vue un point fort important, c'est que l'excès de leur liste civile est le résultat d'une transaction de ces rois avec leurs peuples, lorsqu'ils ont passé, comme Louis XVI, de l'état absolu à l'état constitutionnel. Les peuples se sont rédîmés, à beaux deniers, de leur servitude, sauf à compter plus tard. Mais ici, le peuple français ne doit pas sa liberté, que je sache, à Louis-Philippe, et Louis-Philippe, que je sache, au contraire, doit sa couronne au peuple français, et il me semble que le peuple souverain a déjà donné bien assez, sans que, par dessus le marché, on lui demande encore le reste de son argent.

Des rois absolus, nous n'en parlerons pas; ils n'ont rien, car ils ont tout; de Charles X, il était si bien mangé qu'il ne lui restait que les os; de Napoléon empereur, il disposait des rois et des trésors de l'Europe; nous n'en sommes pas encore là; de Bonaparte premier consul, voyons: il n'y a qu'un pas, en effet, d'un premier consul à un roi citoyen.

Quand le jeune vainqueur de l'Italie, quand le fabuleux conquérant de l'Egypte, quand le pacificateur de la Vendée vint siéger sur le trône consulaire, voulez-vous savoir combien nous coûtaient les trois consuls, traitemens, frais de table et de maison réunis? *un million cinquante mille francs.*

Alors on ne demandait pas au peuple français 1,200,000 francs, seulement pour échauffer les fourneaux souterrains de la bouche. Alors nous ne nous traînions pas misérablement, à deux genoux et les mains jointes, devant la fustigation d'un protocole. Alors nous ne nous inquiétions pas de savoir par où les troupes de la Savoie et de Turin pourraient faire irruption sur notre territoire, car nous étions les maîtres de Turin et de la Savoie. Alors nous ne nous retirions pas du bord de nos frontières pour ne pas faire de la peine aux Prussiens, et du sein de la Belgique pour ne pas effaroucher le roi de Hollande; car tous les départemens de la rive gauche du Rhin et la Belgique étaient à nous. Alors on ne pouvait pas même dire que nous fussions en république, tandis que nous sommes en monarchie; car nous avons aujourd'hui les deux institutions qui approchent le plus de la république, savoir: la publicité de la tribune et la liberté de la presse.

Ainsi, pour résumer, Louis-Philippe a un revenu personnel aussi grand, à moins de deux tiers près, que la liste civile du roi d'Angleterre qui règne en Europe et en Asie sur 80 millions de sujets; quarante fois plus grand que le traitement du président des Etats-Unis qui étend sur l'Océan et sur la moitié d'un monde les bras de sa gigantesque nation, et six fois plus grand que celui de Bonaparte premier consul, lorsque l'Europe se taisait d'admiration et de crainte, devant la France puissante, glorieuse et pacifiée.

« Vous ne nierez pas du moins, me dira-t-on, que la
» liste civile ne doive être une caisse de prévoyance, un
» lieu d'asile, une bourse pour les pauvres, une succur-
» sale de la Providence. »

Vraiment, la liste civile serait tout cela? Hélas! oui, si nous en croyons certaines gens qui paradent autour des Tuileries, et qui disent d'un ton de bon homme : Donnez, donnez toujours; cet argent-là, auquel vous paraissez tant tenir, on ne sait pourquoi, ne retombe-t-il pas en rosée sur les misérables? Qui n'aurait pitié de leurs souffrances? Ne doit-on pas tout faire pour ce pauvre peuple? O courtisans, que vous avez l'âme tendre! quoi! rien pour vous?

Ne dirait-on pas qu'il y a, dans quelque coin des Tuileries, une corne d'abondance d'où s'échappent toutes seules les largesses du prince? Mais qui verse l'argent dans la corne? Le trésor. Qui alimente surtout le trésor? N'est-ce pas les cotes directes et indirectes des ouvriers, des laboureurs, des petits contribuables? C'est donc le peuple, en définitive, qui paie la liste civile, le menu peuple.

Chose curieuse! ce sont les gens portant bas de laine bijoux de Chrysocale et gants de poil de lapin, qui versent aux mains du roi, une portion de leur nécessaire, pour que le roi, à son tour, enrichisse des marchands de martre zibeline, de cachemires, d'émeraudes et de perles orientales.

Mais supposez que tout cet argent revienne directement dans leurs mains, à quoi bon l'en ôter, pour l'y remettre ? Y revient-il d'ailleurs ? Mais non. En vérité, c'est comme si l'on disait à un indigent : Donnez-moi un sou ; bien ! maintenant, tendez l'autre main, voici un liard. Où vont donc les autres trois liards ? Parbleu, ils restent dans les doigts du prince et des courtisans à travers lesquels ils passent.

C'est énorme, n'est-ce pas, que de donner aux pauvres, aux incendiés et aux inondés, 1,000 fr. le lundi, 1,000 fr. le mardi, et autant le mercredi, et autant le jeudi, le vendredi, le samedi et le dimanche, et autant chaque semaine, et autant chaque mois ? Eh bien, vous croyez, en voyant ce détail, que cet argent-là monte à des millions. Ce n'est cependant, jour par jour, que 365,000 fr. dans une année. Doublez la somme, ce ne sera que 730,000 fr. A-t-on donné, donne-t-on, et donnera-t-on, pendant toute la durée du règne, 2,000 fr. par jour ? Je n'ai pas besoin de vérifier le livre de caisse, pour affirmer que cela n'est pas, que cela est impossible, et que, quand cela serait, on ne distribuerait après tout, au maximum, au grand complet, que 730,000 fr. Or, 730,00 fr., ce n'est pas là un million, plusieurs millions. Demander aux pauvres qu'ils vous donnent de quoi leur faire l'aumône ; leur prendre un sou pour leur rendre un liard ; secourir les misérables avec ce qu'on soutire aux misérables, voilà les rares et sublimes inventions de nos charlatans d'économie !

Mais, dites-vous, le roi se fera bénir ; il est si bienfaisant ! Bienfaisant avec notre argent ! vous vous moquez. Est-ce que je bénis la bienfaisance du ministre de l'intérieur, lorsqu'il m'accorde un secours sur les fonds de secours du budget ? Quand ne serons-nous donc plus dupes des mots ? Je suis bienfaisant, lorsque je travaille, que j'économise, et que je distribue aux pauvres le superflu de mes épargnes ; mais si je reçois de l'argent pour le donner, et que je le donne, je ne suis pas bienfaisant. La question se réduit donc à savoir si le prince sera un distributeur plus intelligent de ce fonds de l'état que le ministre : or, c'est ce que je nie.

Car le ministre rend des comptes, le ministre est responsable, le ministre n'a pas autour de lui des historiographes et des poètes lauréats, des confidens et des maîtresses, des chambellans et des valets qui, jour et nuit, chantent en chœur sa bienfaisance pour la mettre à contribution.

Combien, je vous prie, y avait-il de libéraux malheureux inscrits sur le grand-livre des pensions de Charles X, qui montaient à plus de six millions ? pas un seul peut-être. Demain, les libéraux auront exclusivement leur tour ; aujourd'hui, les harpies du juste milieu s'abattront avec leur haleine impure et leurs griffes dévorantes, sur les mets de la liste civile ; ainsi, dans ces distribution , tout est coterie, rapacité, déception, mystère.

Une grosse liste civile sert en quelque sorte d'hospice aux petites gens comme il faut, qui, par mauvaise habitude d'éducation ou par orgueil de naissance, préfèrent l'oisiveté de l'aumône à l'honorable indépendance du travail.

Une haute liste civile entretient la haute et la basse mendicité : les mendians pullulent et bourdonnent autour d'elle, comme ces myriades d'insectes qui s'attachent aux flancs des gras animaux, pour boire leur lait et sucer leur sang.

Que le roi Louis-Philippe élève un corps de bâtiment haut de sept étages et divisé en chambrettes qui, dans l'espace d'une lieue, longera la Seine depuis le gros Caillou jusqu'à la Rapée, et trois mois ne s'écouleront pas avant que sa bienfaisance n'ait trouvé à les remplir, de la cave au grenier, de solliciteurs de toute espèce.

Qu'on lui donne à distribuer en pensions cent millions de francs, et les pétitionnaires, plus multipliés que les feuilles des Tuileries, tendront leurs innombrables mains pour les recevoir. Après cela, le royaume n'en sera que plus pauvre, pauvre pour s'être apauvri, pauvre pour pensionner des oisifs. Ne comprendra-t-on jamais que ce qui enrichit une nation, n'est pas ce qu'on lui ôte, mais ce qu'on lui laisse ?

S'il n'y avait pas de si grands palais, il n'y aurait pas de si petites cabanes. Si le roi ne touchait pas 18 millions de liste civile, et que les octrois fussent dégrevés d'autant, le peuple qui paye les octrois, vivrait mieux, vivrait à meilleur marché. Si d'immenses ceintures de bois ne serraient pas de si près les reins de Fontainebleau et de Versailles, Fontainebleau et Versailles auraient des jardins plus fructueux, des populations plus aisées et plus nombreuses, et des halles mieux approvisionnées. Si tant de forêts royales étaient défrichées, ou divisées, ou aliénées, il y aurait plus de petits propriétaires, plus de droits de mutation, plus de productions variées, plus d'aisance dans les populations du lieu, plus de richesses dans la nation, plus de citoyens.

Il y a dans tel château que le roi n'habitera jamais,

1500 lits où personne ne couche; il y a dans telle ville, des mères de famille insolvables que le collecteur poursuit, que le propriétaire chasse de sa maison, et qui errent de porte en porte, avec leurs jeunes enfans, sans savoir où reposer leurs têtes. Bénévoles députés, si enclins à donner à un roi qui vous regarde, l'argent d'un peuple trop loin et trop bas placé, pour que, du haut de vos chaises curules, vous puissiez l'apercevoir, que dites-vous de cela ? Avant que de loger le roi bourgeois dans ses douze palais, ni plus ni moins que le soleil, avez-vous songé à tant d'autres français qui sont sans vêtemens, sans pain et sans asyle ? Croyez-vous que le peuple dont vous vous dites les mandataires, n'ait pas, comme le roi, un estomac que la faim fait crier, et des membres qui grelottent, lorsqu'ils sont nus ? Ah ! mandataires du peuple, lorsque la postérité nous appellera au jour de son jugement, que nous aurons de comptes à rendre !

Je sais bien qu'on me répondra que les mandataires du peuple s'en tireront alors comme ils pourront, et qu'il est très-probable qu'ils s'inquiètent peu du jugement de la postérité, qui ne songera pas plus à eux qu'ils ne songent à elle; qu'il s'agit de pourvoir aux embarras du moment et à la pénurie du commerce, du commerce de la rue St-Denis surtout, qui, ainsi que chacun sait, ne peut aller sans une bonne liste civile.

Pour moi je concevrais l'argument, si nous avions une aristocratie de princesses et de marquises éblouissantes du feu des diamans, traînant après elles de longs habits de satin, festonés de tulles et de dentelles et suivies d'un tourbillon de chambellans bariolés de soie et d'or; mais nous ne pouvons pas avoir et nous n'aurons pas de cour;

la reine est d'une simplicité charmante, et ses modestes filles portent des chapeaux sans plumes et des robes de toile; dès lors, que peut servir une liste civile au commerce de la rue St-Denis? Quatre ou cinq bals parés de l'Opéra videront plus ses magasins que les soirées des Tuileries. Ne croirait-on pas que sans liste civile, on ne pourrait plus vendre ni acheter? Demanderait-on par hasard, qui ferait vivre les marchands? Eh! mais, ce sont les marchands. L'épicier achète les bottes du cordonnier qui achète son sucre. L'horloger vend ses montres au tapissier qui meuble la chambre du boucher qui nourrit la mercière qui prend les chapeaux de la modiste qui s'habille chez la lingère qui loue au propriétaire. Et tous ceux qui ne sont ni sinécuristes, ni ministres, ni rois, les artisans, les rentiers, les employés, les banquiers, les militaires, les juges, les femmes et les consommateurs de toute espèce, les compte-t-on pour rien? N'est-ce pas leurs besoins sans cesse renaissans, sans cesse satisfaits, qui alimentent le commerce? N'est-ce pas leur argent qui monte, descend, remonte d'étage en étage, qui court d'une main et d'une boutique à l'autre, et qui, dans ses transformations successives en denrées, en meubles, en vêtemens, en parures, en loyers, en billets, en espèces, anime et vivifie toute la ville?

Il y a de très-grandes cités où les marchands vivent et où il n'y a pas de rois. Les marchands meurent-ils de faim à New-Yorck où il n'y a qu'un président qui coûte 125,000 francs; 125,000 francs, entendez-vous, amateurs si désintéressés des 18 millions, amis si subits des marchands! Ce serait une pauvre ressource que deux ou trois millions de dépenses à Paris, où les marchands vendent pour 1,200 millions par an, et ces 2 ou 3 millions iront-ils se faire ramasser sur les comptoirs de la rue St-Denis? Les marchands de la rue St-Denis n'ignorent pas que l'on sait trop bien, dans un certain lieu, le prix des écus pour qu'on leur fasse prendre ce chemin-là. Les paysans de la Basse-Bretagne qui paient, les pâtres des Alpes qui paient, les herbagers de la Normandie qui paient, les laboureurs du Languedoc qui paient, les vignerons de la Bourgogne qui paient, les ouvriers de Lyon, de Bordeaux, de Nantes, de Marseille, qui paient, et qui tous aimeraient autant ne pas payer, et qui tous ne mettront jamais le pied, ni à Paris, ni à la cour. s'inquiètent fort peu de savoir si l'argent de la liste civile, qui est le leur, fera ou ne fera pas du bien aux marchands de la rue St-Denis. Et les marchands de la rue St-Denis eux-mêmes, qui souffrent et ne vendent rien, se demandent, d'un air tout contristé, à quoi pourrait servir une liste civile de 18 millions, puisque depuis quinze mois la couronne a reçu plus de 25 millions, sans compter les revenus immenses de la dotation, de l'apanage et du domaine privé, et qu'ils ne s'en sont pas aperçus. Voilà un bien bel argument, que l'argument de la rue Saint-Denis!

« Au moins, vous conviendrez avec M. C. Périer, me
» dira-t-on, qu'il faut que la jeune royauté sortie des
» pavés des barricades, brille dans l'intérêt de l'orgueil
» national, d'une plus vive splendeur que les autres
» couronnes de l'Europe, et qu'elle se présente aux re-
» gards et à la vénération du peuple, escortée de la ma-
» jesté des souvenirs. »

C'est merveille de voir ce héros de la banque chevaucher sur les palefrois de la féodalité, et se mirer dans la majesté des souvenirs. Où diable a-t-il appris tout cela ? Prend-il Louis-Philippe pour un Louis XIV, et se prend-il lui-même pour un Colbert? Ou plutôt croit-il que la dignité du roi des Français consiste à ranger chaque soir des piles d'écus sur le comptoir de la liste civile, à tenir ses livres en partie double, et à calculer les bonifications des changes?

Louis XIV et Louis XV traînaient à leur suite un monde fastueux de valets, de ministres, de gardes, de maîtresses et de courtisans. Les écuries, les caves, les toits, les salons, les appartemens, les communs, les cuisines, les cabinets, les garde-robes, les palliers, les chambres, les anti-chambres, étaient surchargés et combles jusqu'aux bords.

Napoléon, maître de l'Europe, peuplait les châteaux impériaux de ses chambellans, de ses capitaines, des rois qu'il avait faits, de son nom et de sa gloire. Sa personne dominait tout et remplissait le vide de sa cour. Il était plus colossal que les palais qu'il habitait. Il n'y avait pas de grandeur qui ne semblât petite auprès de la sienne. Il avait accoutumé les peuples à personnifier en lui la France.

Louis XVIII et Charles X avaient un ordinaire immense de gentilshommes de la chambre et de maîtres-d'hôtels, écuyers, officiers des gardes, aumôniers, valets et courtisans, grands et petits, rouges, bleus, noirs, violets, galonnés, dorés, argentés, titrés, mitrés, moirés, portant manteaux, hermines, épaulettes, camail, ruban, cordons, plaques et chaînes d'or, et une affluence extraordinaire de dames d'atour, d'honneur, d'accompagnement et de présentation, toutes plus étincelantes les unes que les autres de prétentions, de charmes et de diamans.

Mais quand Louis-Philippe arpenterait cinquante fois par jour la vaste solitude de ses palais, sa modestie ne serait-elle pas écrasée par la hauteur des Tuileries, de Fontainebleau et de Versailles? Qui peuplera ces déserts de pierre? Où sont les mousquetaires rouges et gris, les Helvétiens, les gardes-du-corps, les officiers et les gentilshommes, et leurs valets et leurs dames? Le peuple des barricades se soucierait-il de payer une cour qui le mange et qui se moque de lui? Philippe est-il d'humeur à ce qu'on dise de lui ce qu'on disait des autres : Ces gens-là n'ont rien oublié ni rien appris!

Ministres de Louis-Philippe, voulez-vous représenter dignement la France? N'allez pas, comme des fanfarons, jeter à la tête des rois et des empereurs le pommeau de votre épée; mais ne faites pas non plus tant les humbles aux genoux de la sainte-alliance; ne faites pas rebrousser le char de la révolution dans les ornières du juste-milieu, et ne reployez pas sous son aile la tête du coq gaulois!

Mais il s'agit bien de parler de gloire, lorsque la Pologne expire et que l'Europe désarme!

Aussi, nous dit-on que la puissance de Louis-Philippe ne doit plus éclater que dans les conquêtes savantes de la paix; que la rosée qui descend du trône, fertilise le champ des beaux-arts; que la contemplation de la personne du monarque échauffe, sous les rayons de la liste civile, l'imagination des poètes et des statuaires, et qu'un seul de ses regards les éclaire, les inspire et les récompense.

Je ne disconviens pas que ces phrases d'académie, débitées avec une certaine emphase, ne fissent à la tribune un très-grand effet, et je ne serais pas du tout étonné que, de quelque coin de la salle, on n'entendit partir des cris de *vive le roi* !

Vaines paroles démenties par l'histoire ; serviles maximes que repoussent les arts !

Les arts aiment la liberté et vous les emprisonnez sous la tutelle d'un roi.

Qu'y a-t-il de commun, je vous prie, entre les arts et la royauté ? Y avait-il un roi à Athènes, lorsqu'aux applaudissemens de la foule enivrée, Zeuxis ornait de ses sublimes peintures les murs de l'élégant Parthénon, ou lorsque, sous le ciseau créateur des Phidias et des Pygmalion, respiraient les grâces de Pandore et la majesté vivante des dieux ? Y avait-il un roi, lorsque David jetait ses Sabines entre deux armées, ou que ce fier génie peignait Léonidas mourant aux Thermophyles ? Y avait-il un roi, lorsqu'il ouvrait aux Gérard, aux Gros, aux Guérin, son immortelle école de peinture ? Y avait-il un roi, lorsque les statues de l'Apollon et de la Vénus de Médicis, et les tableaux de Raphaël et du Corrége, couronnés des lauriers de la république, entraient dans nos musées, avec une pompe triomphale ?

Les arts se rapetissent et se taillent sur le patron de nos camarillas.

Sous Louis XV, ils s'enluminent de rouge et de blanc, et ils portent de la poudre et des paniers, comme les poupées de la cour.

Sous Charles X, prince dévôt, il faut que des peintres, sans foi religieuse et par conséquent sans inspiration, suspendent au dôme du musée des tableaux de sacristie, froids et inanimés comme la palette des artistes.

On fabrique des sacres où les seigneurs de la cour veulent que leurs traits communs et leur stature voûtée se relèvent sur la toile dans une attitude colossale. Puis, comme nous changeons souvent de rois et que ces figures d'un autre règne pourraient blesser le nouveau protecteur des beaux-arts, à chaque avènement on les décroche du plafond, on les ôte de leurs cadres dorés, on les roule et on les relègue au grenier. Voilà où vont les sacres. O vanité!

Aujourd'hui, l'on nous fera des médaillons de famille, et des Jemmapes et des Valmy, où nous verrons ressortir en relief de petits héros sur de grands champs de bataille. Voilà ce qui s'appelle parler à l'imagination! Eh! mon Dieu, ne prétendez pas à diriger les arts, ne donnez pas tant d'argent, mais faites de grandes choses et servez de modèles!

Si le roi doit diriger les beaux-arts, pourquoi ne dirige-t-il pas l'académie de peinture, de sculpture et d'architecture, puisque vous lui laissez les châteaux, les palais et les musées? Pourquoi ne braque-t-il pas dans les espaces du ciel, sur Jupiter et sur Vénus, les lunettes de l'Observatoire? Pourquoi ne préside-t-il pas à la dissection anatomique des éléphans, des baleines et des insectes? Pourquoi ne ranime-t-il point du souffle de son génie les os et la chair morte de l'Institut? Vous voulez qu'il soit maçon, peintre, graveur, statuaire, médailliste, et vous ne voulez pas qu'il soit naturaliste, historien, géomètre, ingénieur, poète, astronome! Qui oserait donc, sans irrévérence, affirmer que le roi ne sait pas tout? Qui serait assez mauvais citoyen pour cela? Pourquoi souffre-t-on aussi que le ministre de l'intérieur achève l'arc de triomphe, ordonne le fronton de la Madeleine, et couvre nos ponts et nos places de fontaines monumentales et de statues? Pourquoi faire une sottise à demi lorsqu'on peut la faire complète?

Si le prince n'entend rien aux arts, c'est un commis en frac ou en épaulettes qui jugera le mérite des artistes. Si, ce qui serait pire, il est à demi connaisseur, il leur fera subir la bizarrerie de ses préférences. S'il porte dans les arts l'entêtement d'un esprit sans flamme et sans couleur, il faudra donc que, pendant toute la durée de son règne, les arts restent stationnaires comme les institutions politiques. S'il est avare, il gardera l'argent pour soi ou il les traitera mesquinement. Si son commis n'a pas de goût, il peut gâter l'art, en favorisant le burlesque. Et si ce commis est un fripon, et qu'il s'avise de vendre, de détourner ou d'échanger des tableaux et des statues qui appartiennent à la nation; s'il est despote et qu'il prétende fermer au public l'entrée des musées: s'il est fantasque, et qu'il veuille envoyer en province ou claustrer dans les galeries inaccessibles des palais de la couronne, les chefs-d'œuvre de nos grands maîtres, qui l'en empêchera? est-il responsable?

Mais on dit: le ministre n'a pas le sentiment des arts. Un roi l'a-t-il davantage? non. Mais il mettra à leur tête un directeur instruit. Et qui empêche donc le ministre d'en faire autant? mais le ministre ne pourra commander de grands ouvrages, car il serait borné par le vote annuel des chambres ! Je répondrai que les chambres n'ont jamais refusé de fonds pour les grands ouvrages qui sont en cours d'exécution. Les chambres ne sont pas si welches qu'on le suppose. Elles aiment les arts autant que les courtisans, et elles ont un sentiment plus vif qu'eux de la grandeur nationale; elles ne souffriraient pas qu'un ministre responsable sacrifiât les arts à la coterie, et lorsque nos charges diminueront, elles voteraient pour leur encouragement, soit en écoles, soit en commandes, soit en achats, des fonds beaucoup plus considérables que s'ils vivaient dans la maison du roi, à la portion congrue.

Dans les monarchies absolues, le roi représente la nation personnifiée, et l'artiste peut recevoir, sans se dégrader, des encouragemens de sa main. Mais dans les gouvernemens libres la nation se représente elle-même, la nation est souveraine, la nation est tout, la nation punit et récompense, la nation paie et reçoit, la nation inspire et contrôle, et la fière indépendance de l'artiste s'indignerait d'être obligée de se plier aux directions capricieuses d'un courtisan, et de tendre la main au plus riche des citoyens, fût-il roi.

Mais M. Casimir Périer ne se contente pas de ravir aux beaux arts leur indépendance, en les assujetissant au servage du monopole royal. Il veut encore ôter à tous les palais de l'état leurs revenus et leur nationalité.

« Il faut conserver, selon lui, pour l'honneur de la ré-
» volution, et léguer à l'avenir les châteaux de Versailles,
» Compiègne, Fontainebleau, qui ne sont pas seulement
» des résidences royales, mais des monumens nationaux,
» décorés par les arts et illustrés par l'histoire. »

Le ministère mêle la révolution de juillet à tout, en parole. Il lui a fait faire volte-face, il lui tourne la tête, et il ne lui fait plus regarder que le passé. Il semble oublier que les monumens de l'architecture ne supposent pas toujours la civilisation. Ils n'obtiennent le respect des nations que s'ils répondent à leur génie.

La prodigieuse hauteur des monumens égyptiens qui étonnent l'imagination, se liait par tous les points au système de la théocratie. A des dieux immenses de granit, il fallait des temples colossaux. Le peuple, qui se nourrissait de quelques oignons, élevait de magnifiques tombeaux pour la vanité des rois, et des sanctuaires impénétrables pour la tourbe des prêtres.

L'élégance des temples grecs respirait les gracieuses créations de la mythologie.

Dès que Rome quitta les exercices vivaces de la liberté, on lui bâtit des cirques et des temples avec les esclaves et l'or du monde.

Les châteaux de la féodalité découvraient au loin dans la plaine les huttes des serfs misérables et abrutis.

Les cathédrales du moyen âge ajoutaient par leur grandeur à la grandeur sombre et mystérieuse du christianisme et soutenaient la religion des peuples.

Les pompeuses inutilités de Versailles n'allaient pas mal avec cette tourbe de courtisans et de valets qui formaient la cour d'un roi absolu.

Mais à mesure que le goût de la liberté arrive aux peuples, la commodité succède à la magnificence. Il faut que l'utilité plus que la grandeur éclate dans les monumens publics. On construit des canaux, des routes, des écoles, des quais, des ports, des hospices, des théâtres, des fontaines, des ponts.

C'est une fausse idée de croire que les monumens inutilement fastueux de l'architecture et des arts, attirent chez nous l'étranger; c'est plutôt la douceur du climat, la facilité des mœurs, la commodité de la vie, l'abondance, le luxe, les spectacles, les plaisirs, la liberté.

Si les châteaux de la couronne sont, comme les appelle le ministère, des châteaux *nationaux*, pourquoi donc ne pas ou les vendre, ou les louer, ou les utiliser au profit de la nation? mais ce n'est pas de la sorte que l'entend le ministère: il faut que la nation les entretienne à ses dépens, sans pouvoir elle-même, en aucune manière, en disposer ni en jouir. Voilà, selon le ministère, le caractère essentiel d'un monument national!

Ecoutez messieurs les courtisans: il leur faut absolument des châteaux, beaucoup de châteaux, tous les châteaux. Ils ne vous feront pas grâce d'un seul; ils ne permettraient même pas au roi, s'il en avait envie, de faire, à ce sujet, la moindre observation.

Mais Versailles est peut-être bien grand? — Ah! sire, c'était le palais de votre oncle Louis XIV.

Et Rambouillet? — Que dites-vous là? ce château vous venait de votre aïeul, le duc de Penthièvre.

Et Fontainebleau? — C'était l'habitation de François Ier, votre prédécesseur, de François Ier, comme vous, sire, protecteur des beaux-arts.

Et Compiègne? — Un château royal! votre plus beau fleuron! une forêt si productive! y songez-vous, sire?

Et Saint-Cloud? Il touche presque à Neuilly. — Et Meudon? Il touche à St.-Cloud. — Et Trianon? Il touche à Versailles. — Et les fermes ? Elles touchent aux parcs. — Et les maisons ? Elles touchent aux palais. Vous croyez donc vraiment que je ferais bien de tout garder ? — Oui, sire, cela sera beaucoup plus national.

A la vérité, le roi-citoyen, en comptant les siens, aura plus de châteaux que n'en eut jamais Louis XIV ; mais ce n'est là qu'une petite singularité qui, après tant d'autres plus étonnantes, ne mérite pas la peine qu'on s'y arrête. A la vérité, l'entretien de ces caravansérails de pierre, où ne logera que la valetaille, absorbera plusieurs millions : mais qu'est-ce que cela fait ? la nation paiera.

La majesté de la souveraineté du peuple se marie si bien avec ces vieilles images de la féodalité ! il y a des rapports si intimes et si vrais entre un roi-bourgeois et les pompes de Versailles ! et puis, les forêts de Fontainebleau, de Rambouillet et de Compiègne, donneront au roi un immense revenu. Il peut, sans violer le Code et sans que l'inspecteur des domaines y trouve à redire, jeter bas tant de magnifiques forêts qui valent des lingôts d'or. Une dotation immobilière qui ne subit jamais le pointilleux contrôle des chambres, cela est si facile à administrer ! cela est si commode ! On taille, on coupe, on démolit, on vend, on loue, on ne doit aucun compte. Décidément, le roi ne peut, sans manquer à la dignité de sa couronne, à l'espoir de la France, à l'estime de l'Europe et aux promesses de la révolution de juillet, abandonner aucun de ces châteaux. C'est même dommage qu'il y en ait si peu !

D'ailleurs, nous ferons bien voir, ajoutent les courtisans, qu'avec de la force d'âme, on sait se résoudre à des sacrifices. Cela coûtera, mais enfin, après avoir gardé le Louvre, les Tuileries, l'Elysée, Versailles, Trianon, Marly, Saint-Cloud, Meudon, Pau, Rambouillet, Fontainebleau, Compiègne, avec toutes leurs dépendances, annexes, enclaves et accessoires, maisons, bâtimens, manufactures, terres, prés, rentes, corps de fermes, eaux, bois et forêts, nous laisserons peut-être, si l'on nous en prie bien, vendre.... Bagatelle!

Que les hurleurs de l'opposition viennent dire après cela qu'on ne lâche rien!

Un autre avantage, voyez-vous, qui s'attache à la possession de tant de châteaux, c'est que cela met en goût pour prolonger la galerie du Louvre. C'est une heureuse idée, n'est-ce pas, surtout dans ce moment-ci, que celle d'achever le Louvre? Ne trouvez-vous pas qu'il y a autant d'utilité que d'à-propos?

Nous savons bien que vous allez nous dire que la construction fastueuse de Versailles a obéré Louis XIV, qu'elle a amené la banqueroute de Law, et qu'elle nous a mis sur les bras, depuis plus d'un siècle, la charge annuelle d'un entretien de plus de 600,000 mille fr., que nous avons déjà bien assez de pierres amoncelées les unes sur les autres; qu'il est plus urgent d'alléger l'impôt sur le sel, le tabac et les boissons, que de gâcher du plâtre; que la manie de la truelle, qui ruine les particuliers, n'enrichit pas les rois; qu'il faudra exproprier à grands frais tout le quartier du Vaudeville; que les étages supérieurs du Louvre ne sont pas même occupés, et que, quand la galerie sera achevée, on ne saura qu'en faire.

Ces raisons-là, nous en conviendrons, ne sont pas outes également absurdes; mais, après que M. Fontaine aura gâté le jardin des Tuileries, à quoi voulez-vous donc qu'il occupe un roi économe et citoyen !

O les puissans argumentateurs que les logiciens de cour !

Pour moi, je ne sais par quel caprice d'imagination, je m'etais forgé de toutes autres idées. Je me figurais que ce n'était point dans l'exagération de la liste civile, dans la monstrueuse possession de tant de palais, de châteaux, de forêts et de terres, dans les délicatesses recherchées des banquets et dans les merveilles du luxe; mais que c'était dans la force de ses prérogatives constitutionnelles, la simplicité de ses mœurs, l'habileté de son gouvernement, l'union, la confiance et le bien-être des citoyens, que devaient résider l'éclat, la popularité, la puissance, la majesté et la gloire d'un roi électif.

Il me semblait qu'il faudrait démolir ce qui est inhabitable, pour reconstruire ce qui est commode; qu'il faudrait s'abstenir de dépenser quand on n'a pas d'argent; qu'il faudrait ne pas lever d'impôt sur toute la France pour aligner à Paris, des moellons sur des moellons, sans génie et sans utilité; qu'il faudrait, avant de songer aux courtisans qu'on logera dans les palais, songer aux pauvres qui meurent de faim dans leurs chaumières; enfin qu'il faudrait se souvenir que le Louvre qu'on veut laisser au roi, a été pris par le peuple.

Mais où découvrir maintenant la souveraineté du peuple? où siége-t-elle? où s'exerce-t-elle? Pas un seul homme du peuple ne participe aux élections; pas un seul homme du peuple ne représente le peuple; pas un seul palais qui porte le nom de palais national; pas un seul musée qui soit national ; pas de législature qui soit le produit d'un vote universellement national ; et cependant c'est par le peuple et pour le peuple que la révolution de juillet a été faite !

Hélas ! lorsque j'ai aperçu les ongles crochus de tant d'hommes aux mains desquels tombait cette pauvre et innocente révolution, je me suis retiré un peu en arrière pour les voir fonctionner, et j'en ai eu mal au cœur. Dès lors j'ai senti se dissiper l'enchantement de mes illusions, et je me suis bien gardé surtout d'aller donner, comme un rêveur, dans la chimère des gouvernemens à bon marché. Mais néanmoins je n'aurai jamais pu m'imaginer que ça dût coûter si cher un roi-citoyen !

A l'ouverture de la session, j'ai été traité de visionnaire et de radical, parce que je demandais dans l'adresse au roi, qu'on procurât aux classes ouvrières le travail qui les fait vivre, l'instruction qui les moralise et les droits municipaux et politiques qui leur appartiennent, comme Français et comme citoyens, tout aussi bien qu'à nous.

Au moment où je parle, je vois rôder autour de moi des gens de mauvaise mine, des courtisans. Les voilà qui s'approchent ! Ils me serrent la gorge pour m'arracher le pain et la vie du peuple, et à peine si je puis crier d'une voix étouffée : Lyon ! Lyon !

SECONDE

LETTRE POLITIQUE

DE M. DE CORMENIN,

SUR LA LISTE CIVILE.

Pour les esprits accoutumés à creuser les matières législatives et à les retourner dans tous les sens, il n'y a pas de question qui se présente sous des rapports plus divers que celle de la liste civile et de la dotation de la couronne.

Sous le rapport moral, une trop grosse liste civile, flanquée d'une monstrueuse dotation, altère les mœurs du peuple par l'établissement d'une cour fastueuse, et elle offense les citoyens par l'inégalité trop disproportionnée des richesses.

Sous le rapport politique, elle ôterait à la royauté de juillet ses manières bourgeoises et sa face populaire; au lieu d'un gouvernement à l'imitation du consulat, elle refait une monarchie à la prussienne ou à l'anglaise, et, dépouillant de ses domaines la nation, qui seule a la souveraineté, la majesté et la puissance, elle vous héberge et vous loge ridiculement notre royauté étriquée dans les prodigieux palais de Napoléon et de Louis XIV.

Sous le rapport constitutionnel, elle violerait la Charte par la perpétuité de la dotation; ou, se servant de ses énormes richesses, elle pourrait, aux mains de quelque Walpole, souiller de ses attouchemens la virginité politique de nos députés et de nos pairs, elle que l'on a vue au-delà du détroit marchander la liberté par la mise aux enchères des consciences dans le bazar législatif.

Sous le rapport administratif, elle souffre que la gestion des biens de la dotation reste sans surveillance publique, sans audition de comptes et sans responsabilité, et tandis que le service que les communes font avec l'argent de leur patrimoine, subit le contrôle de la cour des comptes, le service que fait la couronne avec l'argent du patrimoine et des sueurs de la nation, s'enfonce dans l'ombre et dans l'irresponsabilité.

Sous le rapport agricole et industriel, elle laisse de vastes habitations sans habitans ou sans établissemens d'utilité publique, trop de terres, de fermes, de landes et de parcs sans division et sans mobilisation, et trop de manufactures dans les mains du monopole.

Sous le rapport financier, d'un côté elle épuise le nécessaire du pauvre, pour fournir du superflu aux riches, et de l'autre elle enlève au commerce et à l'impôt des biens-fonds immenses, qui enrichiraient l'état et soulageraient le trésor, s'ils étaient aliénables et imposables.

Sous le rapport économique, elle ne peut gréver les contribuables au profit du monarque qui est le premier fonctionnaire du royaume, sans que le budget ne confère à l'instant même aux autres serviteurs de l'état, par imitation et par justice relative, un traitement proportionnel.

Enfin, sous le rapport domanial et sous le rapport judiciaire, la loi de la liste civile présente, relativement à l'existence et aux conditions d'un domaine privé, aux effets de la donation du 6 août 1830, à la nature et à la permutation des apanages, à la distribution des services de la maison du roi, à la liquidation de la caisse de vétérance et de l'arriéré, et aux actions des fournisseurs et créanciers, une foule de questions que les changemens survenus dans la forme du gouvernement, les progrès de la civilisation, les besoins du trésor et la position particulière du roi et de sa famille rendent aussi neuves qu'ardues.

Ces questions méritent d'être étudiées avec d'autant plus de soin, que la liste civile étant votée pour toute la durée du règne, les erreurs qui seraient commises ne pourraient être réparées par le correctif des législatures annuelles, et aussi parce que les dispositions qui vont être prises au commencement de la nouvelle dynastie, s'appliqueront aux règnes suivans par l'entraînement de l'imitation.

Ce sont ces motifs qui m'ont engagé à discuter et à résoudre sommairement, dans l'ordre du projet de loi, les questions de droit qui en découlent, et qui, par leur nouveauté et leur intérêt, appellent les méditations des jurisconsultes et des chambres.

I. — « La dotation de la couronne est-elle perpétuelle » ou viagère ou périodique? »

Les domanistes de la maison du roi auraient voulu faire considérer la dotation de la couronne, tant en immeubles qu'en meubles, comme une substitution perpétuelle, comme une dotation nationale plutôt réelle que personnelle, comme un grand majorat inextinguible et qui ne pouvait prendre fin, soit par le décès du dernier mâle de la dynastie régnante, soit même par l'avènement au trône d'une dynastie nouvelle.

C'est dans ce sens, en effet, que dispose le sénatus-consulte du 30 janvier 1810.

La loi du 15 janvier 1825 sur la constitution de la liste civile de Charles X résout implicitement la question par le silence qu'elle garde au sujet de la dotation de la couronne.

C'est aussi dans ce sens que l'exposé des motifs et le projet de loi du 3 octobre 1831 distinguent les domaines de la couronne des domaines de l'état, et qu'ils traitent à dessein dans quatre chapitres séparés, de les dotations de la couronne, du domaine privé, de l'apanage et de la liste civile, et que, pour mieux l'envelopper, ils jettent ces quatre mains sur la fortune publique.

Le ministère va jusqu'à dire qu'une dotation immobilière et mobilière est prédestinée à la royauté par la loi. et qu'elle fait partie de ses prérogatives.

Il n'y a de prédestination et de prérogative que dans l'imagination du ministère. Pourquoi la dotation de la couronne serait-elle plus fermement assise que la dotation de la caisse d'amortissement, ou que la dotation des autres services publics? Qu'est-donc que la royauté constitutionnelle, sinon un service public? Est-ce que la loi de la dotation serait une loi-charte? Est-ce qu'elle serait même plus qu'une charte? Car la charte de 1814 est morte, et le ministère prétend que l'ancienne dotation vit encore. La charte de 1830 est pour le roi, qui l'a jurée, la loi des lois. Or, la charte ne lui alloue qu'une liste civile, c'est-à-dire, ainsi que le définit l'art. 10 de la section première, chapitre 2 de la constitution de 1791, une somme d'argent annuelle pour le paiement, viagère pour la durée (1).

Mais la charte ne lui assure de dotation ni mobilière, ni immobilière. Le peuple souverain qui pouvait donner ou refuser la couronne à Louis-Philippe, peut lui donner telle *dotation* qu'il lui plaira, ou ne lui en donner aucune. Le Louvre, les Tuileries. St-Cloud, Compiègne, Fontainebleau, Rambouillet, Versailles, tous les châteaux, les terres, les forêts, les prés, les rentes, les manufactures, diamans, perles, pierreries, statues, tableaux, musées, bibliothèques, tout, encore à l'heure où je parle, appartient à la nation, en propriété et en jouissance, sans exception, sans protestation, sans limitation, sans réserves; c'est son bien, son droit, sa conquête.

La détraction *a posteriori*, comme la constitution *a priori*, implique la non perpétuité. Car, qui peut détacher une partie, peut détacher le tout; qui peut détacher le tout, peut anéantir la dotation. Dès-lors plus de perpétuité.

C'est la conclusion logique.

Dans tous les cas, la nation n'abandonne que le domaine utile ou l'usufruit; elle se réserve le domaine

---

(1) « La nation pourvoit à la splendeur du trône par une liste » civile, dont le corps législatif déterminera *la somme*, à chaque » changement de règne, pour toute la durée du règne. » Constitution de 1791, chap. 2, sect. 1, art. 10.

« La liste civile est fixée pour toute la durée du règne, par la » législature assemblée depuis l'avènement du roi. » Charte du 7 août 1830, art. 19.

éminent ou la propriété. C'est pour cela que les domaines de la couronne sont inaliénables et imprescriptibles, parce qu'ils ne peuvent se fondre ou s'altérer par la fraude ou la négligence du dotataire. Il en a la jouissance et non la disposition.

Voilà les principes du droit.

La raison politique justifie cette théorie.

Si le revenu de la liste civile, grossi par des incorporations successives, montait à des sommes énormes, et qu'avec l'auxiliaire des contributions indirectes, le roi pût suffire aux dépenses de sa maison et au gouvernement de l'état, il pourrait donc se passer de chambre.

Si la dotation était perpétuelle, elle pourrait s'accroître indéfiniment de règne en règne, au détriment de l'agriculture, de la population et de l'impôt. Elle multiplierait les prolétaires par l'engourdissement de la mainmorte; elle échapperait au contrôle des chambres par l'immobilité de son isolement : elle pourrait, en d'autres temps, soudoyer, par l'énormité de ses revenus cachés, les infamies de la basse police, amortir les journaux et corrompre le parlement; elle pourrait offenser la morale publique et les intérêts de l'état, par le scandale des sinécures, la multiplication de ses employés et les dilapidations de ses intendans; elle pourrait provoquer, comme en Angleterre, des allocations supplémentaires de crédit, pour ne pas laisser peser sur le prince l'insolvabilité de constructions dispendieuses.

Au contraire, avec une dotation viagère, la nation examine à chaque règne s'il lui convient, selon les besoins de la population ou du trésor, de retirer de la dotation, pour l'aliéner ou le démolir, tel palais dont l'immense réparation serait ruineuse, ou telle forêt trop épuisée, on trop considérable, ou trop rapprochée des villes, qu'il faut vendre ou défricher. Elle examine si, à mesure que la pente irrésistible du siècle entraîne les nations de l'Europe vers les simplifications de la république, il convient de loger les rois-bourgeois dans les palais des rois-absolus ; s'il n'est pas à craindre que les pas des hommes d'armes ne retentissent à leur oreille lorsqu'ils traversent les hautes salles des gardes, et ne leur inspirent une violente envie de s'en faire accompagner; si les souvenirs de la puissance arbitraire de leurs prédécesseurs ne travaillent pas dans leur tête, et s'il n'y a pas dans l'exercice de la souveraineté, même déléguée, une si grande défiance de la liberté, une si facile exagération du pouvoir, un si redoutable enivrement de soi-même, qu'il faut que la nation puisse toujours se placer en face du monarque, et qu'elle soit toujours prête à lui dire : Souvenez-vous que je vous ai fait roi ?

La perpétuité de la dotation serait donc inconstitutionnelle, irrationnelle, impolitique. Elle blesserait à la fois les termes de la Charte, les principes du droit et les intérêts de la nation.

Il y a plus : dans la rigueur des choses, la dotation ne peut participer à la viagérité de la liste civile ; car si une loi ordinaire ne peut toucher constitutionnellement, pendant la durée du règne, à la liste civile une fois fixée, parce que la Charte le défend, une loi peut toucher à la dotation simultanée de la couronne, parce que la Charte ne le défend pas.

Et il ne faut pas confondre la dotation immobilière avec la liste civile, dans l'acceptation de droit, car le sénatus-consulte du 30 janvier 1810, la loi du 8 novembre 1815, la loi du 16 janvier 1825 et le projet de loi du 3 octobre 1831 distinguent ces deux choses-là.

Les deux décrets du 5 juin 1791, ne parlent pas d'une dotation viagère, mais d'une simple jouissance. D'ailleurs, la constitution de 1791 définit la liste civile, une somme d'argent, et non un bien meuble ou immeuble. Dans le doute, l'interprétation doit se faire au profit, non de la couronne, mais de la nation, avec d'autant plus de raison que la nation étant maîtresse de réduire le roi à un ou deux châteaux sans terres ni bois, c'est bien le moins, si elle se montre plus magnifique, qu'elle puisse prescrire les conditions et les limites de son octroi.

Ainsi donc, du système de la perpétuité, vous devez passer sans intermédiaire, au système de l'annualité facultative. Comment en effet une loi ne pourrait-elle pas ôter ce qu'une autre loi a donné? Comment la législature actuelle aurait-elle la faculté d'enchaîner les législatures suivantes? La condition de l'inaliénabilité des biens de la couronne ne résiste pas à cette interprétation; car les immeubles sont inaliénables et imprescriptibles, non pas à perpétuité, mais tant qu'ils restent dans la main du prince. S'ils en sortent par la puissance de la loi, ils redeviennent aliénables. Si un immeuble, par sa chute ou sa stérilité, devenait évidemment à charge au prince, il peut être avantageux à lui comme à l'état, de le rendre et de le restituer à la mobilisation.

Ce principe que je pose, et qui est à l'extrême point de la perpétuité de la dotation, impliquerait que si elle peut être diminuée par voie de détraction, elle peut être, légalement et à chaque législature, accrue par voie de concession nouvelle.

L'un de ces effets est la conséquence de l'autre. Au surplus, pourquoi ne pas se borner comme la constitution de 1791, à n'accorder qu'une somme d'argent?

Mais la législature de 1831 a-t-elle, après et malgré quarante ans d'expérience, la vue aussi longue que la législature de 1791? Tant s'en faut.

II. — « Les départemens, arrondissemens et communes, pourront-ils se faire mettre en possession des » édifices et bâtimens actuellement occupés pour le service de l'administration, des cours et tribunaux, et » de l'instruction publique, et qui seraient détachés, par » le nouveau projet de loi, de l'ancienne dotation de la » couronne. »

Le décret du 9 avril 1811, concédait gratuitement ces édifices aux départemens, arrondissemens et communes.

Tant que la couronne a eu dans sa dotation, qui était inaliénable, ces bâtimens et édifices, même sans en jouir, l'action des départemens et communes n'a pu s'exercer; mais la suspension du droit n'a pas détruit le droit.

Il y a, notamment à Versailles, plusieurs bâtimens affectés, moyennant une rente emphitéotique, au service de la mairie, du tribunal, et de la préfecture; ils tombent dans l'application du décret du 9 avril 1811.

Il en peut être de même des châteaux de Bordeaux, de Strasbourg, etc. C'est un point à vérifier.

III — « Doit-on dresser un inventaire des meubles et » immeubles de la dotation (1). »

(1) « Les meubles comprendront les diamans, perles, pierreries, » statues, tableaux, pierres gravées, musées, bibliothèques, et

Le projet actuel n'en dit pas un mot.

Cependant le sénatus-consulte du 30 janvier 1810, le 1er décret du 3 juillet 1791 et la loi du 8 novembre 1814 l'ordonnaient.

Il ne faut pas oublier qu'il existe dans les palais, châteaux et bâtimens de la couronne, pour 32 millions de valeur en meubles meublans, tels que lits, argenterie, glaces, linge, fauteuils, draperies, rideaux, etc. !

Trente-deux millions de valeurs ! apparemment que cela passe par-dessus le marché et ne vaut pas la peine de figurer dans un projet de loi qu'on a mis quinze mois à mûrir et à rédiger.

Quant aux meubles qui comprennent les statues, tableaux, musées et bibliothèques, et qui sont d'un prix inestimable, on n'a eu également que quinze grands mois pour écrire dans la loi cette seule ligne : *Il en sera dressé inventaire*, et nous n'en faisons pas un reproche au ministère : il est évident que le temps lui a manqué.

Mais il faut espérer qu'il ne manquera pas aux députés pour demander, selon leur devoir, qu'il soit dressé un état estimatif des meubles susceptibles d'être détériorés par l'usage, et un état descriptif des meubles non-fongibles, ainsi que des immeubles, et que les états soient déposés aux archives des deux chambres, après avoir été certifiés et signés par un ministre responsable.

IV. — « Les bois de la couronne seront-ils assujétis, » pour leur aménagement et leur coupe, à des règles

---

» autres monumens des arts, contenus dans l'hôtel du garde-meu-» ble et les divers palais et établissemens royaux. Projet du gou-» vernement, art. 5. »

» particulières ? » (1)

Il semble qu'il y a contradiction à laisser, d'un côté, régir exclusivement les bois par l'intendant de la couronne, et, de l'autre, à les assujétir aux aménagemens et coupes de bois de l'état.

Quelle peut-être, sur les bois du roi, la surveillance d'un agent forestier nommé par le ministre des finances qui est nommé par le roi ? J'ignore. mais j'affirme que jamais agent de l'état ne s'est avisé de critiquer la gestion des agens du roi ; et cependant il y a un argent immense à tirer des coupes de futaies. N'y a-t-il pas, d'ailleurs, mille moyens d'éluder la loi ? Enfin, lors même qu'on serait tenu de rendre une ordonnance spéciale, on a bien vite broché un bout d'ordonnance qui va s'enfouir, par extrait, dans les arcanes du Bulletin des Lois.

Ainsi, point de surveillance réelle et point d'ordonnance ; y en eût-il, *cui bono* ?

L'art. 86 du Code forestier place la gestion des bois de la couronne dans les mains du ministre de la maison du roi ; or, au lieu d'un ministre qui est responsable, nous aurons un intendant qui ne l'est pas.

Si l'état est propriétaire des forêts, et si le prince n'en est qu'usufruitier, pourquoi ne pas remettre en vigueur l'art. 592 du Code, qui porte : « L'usufruitier ne peut » toucher aux arbres de haute futaie ? »

Or, pourquoi l'état qui a, quoi qu'on en dise, des agens plus intelligens et plus habiles, n'exploiterait-il pas les forêts de la couronne, sauf à verser les produits des coupes dans les caisses de la liste civile ?

---

(1) « Les forêts de la couronne continueront d'être soumises aux » dispositions du Code forestier qui les concernent. » Projet du gouvernement, art. 13.

Il y aurait alors unité d'administration, régularité dans les aménagemens, augmentation de valeur et responsabilité effective.

V. — « Le roi pourra-t-il faire aux palais, bâtimens » et domaines de la couronne, tous les changemens, ad- » ditions ou démolitions qu'il jugera utiles? »

L'art. 15 du projet de loi résout cette question affirmativement: en effet, la faculté de travailler avec le marteau de la démolition, les immeubles de la couronne impliquait la perpétuité de la dotation, mais dans le système d'une dotation viagère, cette faculté serait une dérogation complaisante à tous les principes. Quels sont ces principes? Les voici :

La nation a la propriété des domaines de la couronne, et le roi en a seulement l'usufruit : le roi n'est donc qu'un usufruitier. (1)

Cela posé, quelles sont les obligations de l'usufruitier? L'art. 578 du Code civil nous l'apprend : c'est, d'une part, de conserver la substance de la chose, et, d'autre part, c'est de jouir en bon père de famille.

Il suit de là que permettre au roi les changemens, additions ou démolitions qu'il lui plaira, c'est lui attribuer le droit non pas de simple usufruitier, mais de propriétaire, qui, d'après l'art. 544 du Code civil, peut jouir et disposer de sa chose de la manière la plus absolue.

Or, le roi n'est pas propriétaire; il n'est pas non plus dotataire perpétuel : il est simple usufruitier. Aussi, est-il remarquable que le sénatus-consulte du 30 janvier 1810,

(1) Quant à la jouissance des biens de la couronne, le roi régnant est, *en tout point*, assimilé à un usufruitier. Voyez Répertoire de Favard, tome III.

rendu sous l'empire, ni la loi du 8 novembre 1814, promulguée sous la restauration, ne disent pas un mot du droit exorbitant que le projet bénévole du ministère Périer confère au roi citoyen.

Le second décret, du 5 juin 1791, ne donnait même au roi constitutionnel qu'un simple droit d'habitation dans le Louvre et les Tuileries.

Il est donc contraire à tous les précédens, à toutes les règles de droit et aux interêts de la nation, que le prince puisse démolir et changer à son gré les bâtimens et domaines de l'état.

Il aurait donc le droit d'effacer ces grâcieuses cariatides qui décorent la façade intérieure du Louvre, et que cisela le génie de Jean Goujon! Il pourrait donc masquer la fameuse colonnade et convertir le parc de Versailles en jardin potager!

Si le ministre de l'intérieur avait l'administration des bâtimens de la couronne, et qu'il s'avisât de faire des choses pareilles, le ministre pourrait être atteint dans sa responsabilité; mais le roi n'est pas responsable, et, dans la nouvelle liste civile, les biens de la couronne ne seront pas placés sous la direction et la sauve-garde d'un ministre responsable, mais sous l'administration d'un simple intendant.

C'est pour cela que, dans le système d'une dotation viagère, le roi ne devrait avoir sur les bâtimens qu'un droit d'habitation, et sur le reste des biens immeubles qu'un droit d'usufruit. Il faudrait aussi réserver la faculté d'établir par une loi, au profit du public, des servitudes de passage et autres, s'il y avait lieu, dans les bâtimens, parcs, jardins et enclaves des biens de la couronne.

VI. — « Les biens particuliers du prince qui arrive au » trône sont-ils, de plein droit, dévolus et réunis au do- » maine de l'état? » (1)

C'était la disposition de l'édit d'Henri IV de 1566. Le roi était censé contracter avec l'état un mariage indissoluble. La personne politique absorbait la personne civile. Trésor public, trésor privé, c'était même chose. Dettes et biens, l'état prenait tout. Le roi c'était l'état. L'état c'était le roi. Cette transformation royale était conforme au génie de la monarchie absolue.

Il y avait dans cette fiction une sorte de grandeur. Il y avait du moins de la rationnalité, de la logique.

Cette dévolution irrévocable n'était limitée que pour les biens immeubles acquis depuis l'avénement à titre singulier. Mais la gestion du fisc après l'expiration de l'union décennale, sans disposition, emportait l'incorporation du bien au domaine de l'état.

D'un autre côté, l'inaliénabilité du domaine était le seul obstacle qu'on pût alors opposer aux faibles entraînemens des princes et à la voracité des courtisans. C'était, dans ces temps éloignés, un remède contre les dilapidations, et une ressource pour l'état.

Mais la constitution de 1791 jeta de côté le vieux sys-

---

(1) « Les biens particuliers du prince qui parvient au trône sont, de plein droit et à l'instant même, unis au domaine de la nation, et l'effet de cette réunion est perpétuel et irrévocable. » (V. loi du 1er décembre 1790, art. 6; loi du 8 novembre 1814, art. 20.) « Les biens particuliers que le roi possède, à son avènement au trône, sont réunis irrévocablement au domaine de la nation. (V. constitution de 1791, art. 9.)

tème financier, décréta l'aliénabilité du domaine, et, distinguant l'état du prince, fit de celui-ci deux personnes : l'une publique comme roi, l'autre particulière comme citoyen.

Elle maintint, soit pour restituer d'immenses propriétés à la mobilisation, soit pour empêcher que le prince ne devînt trop puissant à force d'être trop riche, la dévolution immédiate, pleine et perpétuelle des biens particuliers que le roi possédait avant son avènement.

Mais, par compensation, elle reconnut que le magistrat politique n'absorbait pas entièrement le citoyen, et elle permit au roi d'acquérir et de posséder à titre privé, et de disposer, sous la condition limitative de l'incorporation nationale, des biens par lui acquis pendant son règne, et dont il ne se serait pas dessaisi avant son décès.

Nous ne parlerons pas du sénatus-consulte du 30 janvier 1810 qui créait à la fois une dotation permanente, un domaine privé et un domaine extraordinaire. Napoléon se souciait peu de se renfermer dans les bornes constitutionnelles ; il voulait posséder, jouir, gouverner et disposer librement de tout pouvoir et de toute fortune, en propriétaire, en conquérant, en maître, en roi.

La loi du 8 novembre 1814, rétablit les principes de la constitution de 1791, sur l'union immédiate des biens antérieurs au domaine de l'état et sur l'acquisition, la jouissance et la disposition restrictive des biens acquis et possédés depuis l'avènement.

Le projet actuel du gouvernement semble avoir omis à dessein de s'expliquer sur l'union des biens antérieurs et sur la composition du domaine privé.

La règle de l'incorporation doit-elle subsister?

En droit, le prince, s'il est électif, sait la condition de son avènement. S'il est héréditaire, il y a présomption que les fruits de ses économies, converties en biens, sont tirées des deniers de l'état qui constituent la dotation de l'héritier présomptif.

Le prince est, avant tout, une personne politique, et ce sont des motifs purement politiques qui déterminent l'incorporation.

En fait, et dans l'espèce, le roi Louis-Philippe ne peut échapper à cette union, puisqu'elle a eu lieu sous l'empire de la loi du premier décembre 1790, et de la loi du 8 novembre 1814, dont la disposition, à cet égard, est claire et formelle. L'art. 70 de la charte réformée maintient les lois existantes, en ce qu'elles n'ont rien de contraire. Or, les lois de 1790 et de 1814 n'ont, en cela, rien de contraire à la charte; donc elles existent; par conséquent il faut les exécuter.

Peu importe que le roi soit héréditaire ou électif. Car, si Charles X, le duc de Bordeaux et le duc d'Angoulême étaient morts tout-à-coup en 1829, le duc d'Orléans, roi héréditaire, aurait vu tous ses biens privés réunis, de plein droit, au domaine de l'état.

L'élection du prince ne change donc, à moins d'une stipulation contraire, ni la nature des biens, ni les motifs politiques de l'union, ni l'application de la loi.

Ainsi, tous les biens que le roi possédait la veille de son avènement, et dont il n'a pas disposé, ont été, immédiatement après son serment qui l'a fait roi, réunis au domaine de l'état. Lui-même l'a reconnu, car pourquoi disposait-il de la nue-propriété?

Au surplus, la question de savoir si, en théorie, il

valait mieux que les biens particuliers du prince continuent de lui appartenir, ou que sa personne civile meure, que sa succession s'ouvre et que ses héritiers soient l'état ou ses fils, est une question oiseuse à l'egard du roi actuel, puisqu'il ne peut échapper aux liens de la législation qui l'a saisi le premier jour de son règne.

Vue de plus haut, cette loi ne vaut rien si l'on peut l'éluder, comme on l'a fait, par un procédé plus légal que royal. A quoi servirait, en effet, le maintien d'une loi qu'il est si licite et si facile de frauder, à moins qu'on ne dise que la crainte de l'union forcerait le prince à disposer de ses biens avant d'être roi, et, par conséquent, à les mobiliser.

VII. — « Si le roi Louis-Philippe, avant de monter » sur le trône, n'a disposé que de la nue-propriété de » ses biens et qu'il s'en soit réservé l'usufruit, cet usu» fruit sera-t-il atteint par le principe de la dévolution » nationale? »

J'estime que, dans ce cas, l'usufruit est uni au domaine de l'état.

L'édit de 1556 parlait de réunion perpétuelle et irrévocable, parce qu'alors les biens de l'état étaient *inaliénables*.

Mais depuis la loi du premier décembre 1790, les biens de l'état ont été déclarés *alienables*.

C'est donc par l'erreur d'une simple répétition de mots, que les rédacteurs de la loi du 8 novembre 1814 ont parlé d'une réunion *perpétuelle* et *irrévocable* des biens, même immobiliers. En vain, s'attachant à la lettre morte de la loi, dirait-on que ces termes : *incorporation perpétuelle*, excluent l'usufruit, qui est un droit temporaire et accidentel; que l'incorporation s'entend d'un droit réel, de la chose elle-même et non pas du fruit de la chose.

Selon nous, la perpétuité doit s'entendre du détachement de la personne du prince. Ainsi l'union des biens est perpétuelle par son irrévocabilité, à l'égard du roi ; mais elle n'est que temporaire par son aliénabilité à l'égard de l'état.

Le mot *biens* peut-il s'entendre d'un simple *usufruit*?

Sans doute ce n'est pas ainsi que l'ont entendu le ministre des finances et la loi du 15 janvier 1825, sur la liste civile de Charles X, qui n'a pas réuni à l'état l'usufruit des biens délaissés au duc de Bordeaux en nue-propriété. Cependant, d'un côté la loi du 8 novembre 1814 se sert du mot *biens*, expression générale qui comprend toutes sortes de propriétés; de l'autre, le Code civil entend par *biens*, l'*usufruit* comme le *fonds*. L'usufruit est *aliénable*; l'usufruit est un *démembrement* de la propriété ; l'usufruit est *immeuble* par l'objet auquel il s'applique ; il est susceptible d'*hypothèque*; il peut se convertir *en argent*; il est une *propriété*, il est un *bien*.

Les motifs politiques de la dévolution ont été que le prince pourrait, s'il était trop riche, se passer des autres pouvoirs publics ; démolir avec des biens qu'il pourrait vendre, et dont il tirerait un immense capital, la constitution de l'état; laisser dilapider ses domaines, qu'il ne pourrait plus surveiller ; se servir de leurs revenus pour corrompre les fonctionnaires, les juges et les grands corps de l'état; chercher à accroître sa fortune particulière aux dépens de la fortune publique; consacrer à l'entretien, à la réparation, à l'embellissement, à l'augmentation de ses biens privés, les fonds de la liste civile et les revenus de la dotation, destinés à l'entretien des domaines de la couronne et aux dépenses de sa représentation; composer, sans l'intervention politique de l'état, un domaine énorme pour chacun de ses enfans, par les entraînemens de tendresse si naturels aux pères de famille; substituer enfin l'homme au prince et le père au roi.

C'est à tort que le ministre des finances et la chambre des députés ont laissé à Charles X l'usufruit de ses biens privés : le ministre, par faiblesse ou par connivence, la chambre de 1825 par prétermission; car elle n'a pas résolu la question nettement. Elle n'avait à s'occuper, en effet, que de la composition de la dotation de la couronne et de la fixation de la liste civile, et elle a pu laisser penser que si elle ne prononçait pas l'union de l'usufruit, c'est qu'elle était déjà faite à l'état par la force de la loi du 8 novembre 1814, sous l'empire de laquelle la disposition de la nue-propriété avait eu lieu.

La conséquence rigoureuse de l'union serait la répétition des arrérages de cet usufruit pendant cinq ans de règne de Charles X, et, par conséquent, la réalisation dans les caisses de l'état, sur les valeurs disponibles de l'ancienne liste civile, d'une somme de 2,500,000 francs d'arrérages environ; car il n'y a pas de prescription accomplie.

La question, comme on le voit, vaut bien la peine qu'on l'examine. Elle n'est pas cependant sans difficulté; car la loi du 15 janvier 1825 peut être interprétée dans deux sens différens.

La déchéance du trône équivaut-elle à la mort civile,

et opère-t-elle immédiatement la consolidation de l'usufruit? Quel sera le sort de cet usufruit pendant la vie de Charles X, soit à l'égard de ses créanciers personnels, soit à l'égard de l'état, soit à l'égard du duc de Bordeaux, soit à l'égard de l'usufruitier lui-même? Ce sont là des questions d'un autre ordre, et qu'il n'y a pas lieu ici de traiter.

Il suffit de dire que le principe de la loi du 8 novembre 1814 s'applique, dans toute sa force et dans toute son étendue, à Louis-Philippe, qui ne saurait invoquer, comme Charles X, la loi spéciale de 1825, et qui, en disposant la veille même du 7 août, de la nue-propriété, a interprété dans notre sens la loi de 1814; car s'il n'eût pas craint d'être atteint par cette loi, pourquoi a-t-il fait sa donation?

Peut-on, sans subtilité, dès qu'on reconnait le principe de la dévolution, soutenir que la nue-propriété, qui est un corps certain, mais une espèce de cadavre improductif, serait réuni si l'on n'eût disposé que de l'usufruit, tandis que l'usufruit, partie utile, seule utile, ne serait pas réunie, parce qu'on a seulement disposé de la nue-propriété? N'y a-t-il pas aussi des immeubles par destination et par accession, comme il y a des immeubles par nature? La loi ne distingue pas: l'état prend ce qu'il trouve jusqu'à concurrence des dettes, la propriété pleine ou la propriété usufruitière; il hérite de l'usufruit tant que l'usufruit dure. C'est là sa perpétuité. Qu'importe que l'usufruit ne soit que viager! La dotation de la couronne aussi n'est que viagère; la liste civile aussi n'est que viagère.

Si le prince avait des rentes sur le grand-livre, quoique

ce soit un bien beaucoup plus nominal assurément, beaucoup plus incorporel qu'un usufruit, l'état les prendrait. Il s'attache à tout, à l'argent, aux rentes, aux droits actifs et passifs, aux choses mobilières et immobilières. Il suit la propriété dans toutes ses modifications. Les raisons politiques de la dévolution embrassent ces différens cas, et il serait indigne de tout honnête homme, d'un prince surtout, de les éluder par les exceptions e les subtilités de l'école.

Dans la rigueur du droit (et le ministre des finances ne doit connaître que le droit) il aurait dû, dès que Louis-Philippe a mis le pied sur la première marche du trône, s'emparer provisoirement, au nom de l'état, de l'usufruit des biens privés. S'il y avait eu résistance de la part de Louis-Philippe, pleinement dessaisi par la toute-puissance de la loi, le ministre des finances devait provoquer, à l'instant même, une solution législative ou tout au moins judiciaire. Si le ministre ne l'a point fait, il a négligé les intérêts de l'état, il a trahi ses devoirs, il a encouru la responsabilité.

La même solution s'applique avec plus de force encore à l'apanage qui, par l'effet de l'avènement, s'est trouvé éteint et amorti au profit de l'état, dans la personne du roi, dernier titulaire.

En même temps que la dévolution de l'apanage avait lieu, en droit, la main mise nationale aurait dû avoir lieu en fait; les officiers de l'apanage ne pouvaient conserver leur gestion provisoire qu'avec l'autorisation spéciale du ministre des finances, et à charge par eux de verser les produits dans les caisses de l'état et de rendre compte.

Voilà la loi, et lorsqu'il s'agit de son exécution, le ministre doit être plus sévère envers le roi qu'envers le dernier des citoyens.

VIII. — « Le roi aura-t-il un domaine privé ? De quels » élémens sera-t-il ? lui interdira-t-on les acquisitions à » titre gratuit, et les dispositions à cause de mort ? (1) »

Les partisans du domaine privé disent :

La loi du 1er décembre 1790, le sénatus-consulte du 30 janvier 1810, et la loi du 8 novembre 1814, autorisaient le domaine privé.

Le roi a deux qualités : comme fonctionnaire, il jouit d'une liste civile et d'une dotation ; comme citoyen, il doit pouvoir acquérir, jouir et disposer selon les conditions et dans les limites du Code. Ne peut-il être un pouvoir dans l'ordre politique, sans être un paria dans l'ordre civil ? Ne vaut-il pas mieux qu'il acquière que d'amasser et de dissiper ses revenus ? Ne vaut-il pas mieux qu'il dote lui-même ses filles que de les faire doter par l'état ? Réunir à l'état les biens qu'il possédait, n'est-ce pas le frapper de confiscation, lui seul, entre tous les Français ? Lui interdire de disposer par testament, n'est-ce pas le priver d'un faculté que la loi accorde au moindre des citoyens ? L'affranchir des prohibitions du Code civil, n'est-ce pas lui permettre d'avan-

---

(1) « Le roi, comme propriétaire de son domaine privé, peut » en disposer librement, soit par actes entre-vifs, soit par testa» ment ; s'il vient à décéder sans en avoir disposé, soit par acte » entre-vifs, soit par testament, son domaine privé appartiendra de » droit à l'état. » Voyez le projet du ministère, art. 17.

tager un de ses enfans aux dépens des autres, et blesser ainsi le droit des tiers, sans nécessité et sans justice.

Je répondrai qu'en montant sur le trône, le prince change de fortune, de nom, de mode, d'existence; il se transforme; il cesse d'être une personne, il devient un pouvoir : il n'est plus citoyen, il est roi. Son travail, c'est de régner; son bien, c'est la liste civile; sa famille, c'est la nation.

S'il avait de trop grands immeubles, l'état souffrirait à la fois, et de leur concentration et de leur dilapidation. S'il était trop riche, il pourrait corrompre une législature vénale, soudoyer la presse ou l'amortir; si le revenu des biens privés qui lui adviendraient par héritage ou par acquisition, excédait toute mesure, les chambres ne pourraient pas réduire proportionnellement la liste civile, qui est votée pour la durée du règne; en un mot, il ne faut pas trop distinguer le prince du citoyen, de peur que le citoyen n'absorbe le prince.

Mais on dit : Si le roi ne peut acquérir et posséder au soleil, il acquerra et possédera à l'ombre. Il thésaurisera, et les espèces ne seront pas versées dans la circulation. Il placera dans les fonds étrangers, et l'argent de France sortira de France. Il achètera, pour ses fils ou ses filles, sous des noms supposés, parce qu'il faut bien que l'amour paternel trouve quelque part une issue; et l'état se verra obligé de doter ses fils et ses filles, riches en réalité, pauvres en apparence. Le remède, quel est-il ?

Le remède ? Il est simple. Donnez de la liste civile juste ce qu'il faut pour que le roi puisse vivre avec dignité et non avec mollesse; jouir des munificences de la nation et non altérer ses libertés; dépenser, et non thésauriser. Faites que l'argent de la police ou des jeux, ou de toute autre sentine impure, ne passent point, pour les souiller, dans les mains du prince.

Alors vous n'aurez guère à craindre ni les fraudes de la loi, ni les contre-lettres, ni les placemens clandestins, ni les suppositions de noms, ni les accumulations de capitaux, ni les exportations de numéraire, ni toutes les ruses de la cupidité stimulée par la prohibition.

Il ne faut pas que le sort de ses enfans inquiète le roi; la France s'en charge : c'est notre bien à tous, c'est notre commune famille.

Ma conclusion, à peine ai-je besoin de le dire, est qu'il ne doit pas y avoir de domaine privé.

Toutefois, si l'on admet un domaine privé, on peut le limiter dans sa composition et dans sa disposition.

Dans sa composition, en interdisant au prince de recevoir par donation entre-vifs, par testament et par succession, et en bornant le pécule royal aux acquisitions de meubles ou d'immeubles par voie d'achat, ou de placemens sur rentes ou par hypothèques.

Dans sa disposition, en ne lui permettant que des legs rémunératoires, l'état ne pourrait hériter qu'à la charge d'acquitter les legs, de purger les hypothèques, et de payer toutes les dettes, jusqu'à concurrence.

Il va sans dire que les enfans représenteraient leur père à l'égard des successions d'échûtes, comme s'il était mort.

IX. « S'il n'y avait de domaine privé, que les biens » donnés en nue-propriété, le 6 août 1830, est-ce l'état ou » les enfans de Louis-Philippe qui les recueillerait ? »

Si la loi annullait la donation, elle confisquerait la nu-propriété sur les enfans au profit de l'état.

Si elle éteignait l'usufruit, elle investirait les enfans des biens-immeubles du père ; elle romprait un contrat, et elle manquerait ainsi à la fois à son but politique, aux intérêts de l'état, et aux prévisions du père de famille.

Mais comme l'usufruit appartient rigoureusement à l'état, d'après l'art. 6 de la loi du 1er décembre 1790 et l'art. 20 de la loi du 8 novembre 1814, quel inconvénient y aurait-il à la réunir à la dotation de la couronne qui n'est elle-même qu'un usufruit, sauf à précompter le revenu de cet usufruit sur le montant de la liste civile ? aucun.

De la sorte, on maintiendrait le principe de la révolution, les stipulations du contrat, les convenances du donateur et les limites du chiffre.

X. — « Le roi a-t-il pu, dans la donation du 6 avril » 1830, priver le duc d'Orléans, son fils aîné, de sa por- » tion légitimaire ?

» Compéterait-il quelque action en retranchement ou » autre, soit au duc d'Orléans, soit a ses frères et sœurs, » relativement à la disposition que le roi ferait des biens » acquis depuis son avènement, et tombés dans son do- » maine privé ? »

Il faut distinguer :

Le roi, avant son avénement, n'était qu'un simple citoyen. Il n'a pu disposer que comme disposent les autres particuliers, d'après les règles et les exceptions du code civil. Si le duc d'Orléans se trouvait au nombre des donataires, il pourrait disposer de sa quote-part dans la nu-propriété, en faveur d'un tiers.

La question serait de savoir si, devenu roi, l'état jouirait, pendant sa vie, de l'usufruit recueilli au décès du roi actuel, ou si cet usufruit se consoliderait à la nu-propriété, par l'effet de l'avénement, entre les mains du tiers acquéreur.

Mais laissons cette hypothèse, et voyons le fait.

En fait, la donation du 6 août 1830, faite aux puinés, embrasse la totalité des biens. Donc le duc d'Orléans conservera son action en réduction jusqu'à concurrence de sa portion légitimaire. Mais, comme cette action ne pourra s'exercer qu'au décès de son père, et qu'alors et simultanément lui-même sera roi, les biens compris dans le résultat de cette action, se trouveront réunis de plein droit au domaine de l'état, à moins qu'on ne soutienne que la dèvolution subite du trône a fait disparaître la personne civile, et, par conséquent, la puissance et les utilités de l'action dont les puinés hériteraient exclusivement, tant pour les biens que pour les indemnités apanagères.

C'est, au surplus, une question neuve et ardue qui s'agiterait devant les tribunaux, s'il y a lieu, entre l'état et les puinés.

Il n'en est pas de même des biens acquis par le roi depuis son avénement, et qui composeraient son domaine privé.

La loi, qui pourrait et devrait, selon nous, interdire au magistrat royal, par des motifs politiques, la faculté d'acquérir, de jouir et de disposer, peut attacher, par la force des mêmes motifs, à cette disposition et à cette jouissance, des conditions extraordinaires et spéciales; ainsi, par exemple, la loi peut établir que, dans les dispositions de ses biens privés, l'état ne sera lié par aucune des prohibitions du Code civil, tant des puinés aux tiers, que de l'aîné aux puînés. Le roi peut tout délaisser à des tiers par testament ou donation, au préjudice de ses enfans, où à l'aîné au préjudice des puinés. Nulle limitation à ses dispositions; nulle action en retranchement contre elles, de la part de qui que ce soit; nul droit successorial, parce qu'il n'y a pas d'héritage. Les biens laissés tombent en deshérence; l'état les recueille (1).

Cette faculté tout exceptionnelle, cette dérogation au droit commun, est fondée sur ce que les princes sont les enfans de l'état, qui les établit et les dote. Ils doivent se confondre et s'incarner dans l'état, dont ils sont les membres les plus intimes, et qui constitue leurs lares, leurs dieux, leur vraie famille, leurs affections, leur fortune. Il y a dans cette disposition de la vérité et de la grandeur.

En échange de cette dotation mobilière, de cette adoption nationale de ses enfans, le roi, déchargé par la munificence de l'état, de la prévoyance du père de famille, peut disposer envers des tiers, et suivre sans contrôle et sans limites, des inspirations de sa bienfaisance ou de sa générosité. Il peut ne pas vouloir ajouter des biens immenses aux biens de ses enfans; mais s'il

---

(1) C'est dans ce sens, même extensif, que l'art. 17 de la loi du 1er décembre 1790 portait : « Les fils puinés de France et leurs enfans et descendans ne pourront, en aucun cas, rien prétendre ni » réclamer dans les biens meubles ou immeubles laissés par le *roi*, » *la reine et l'héritier présomptif* de la couronne. » Cette précaution politique devrait être remise en vigueur.

n'a pas disposé, l'état, pour qu'il n'y ait pas de double emploi, retire à lui les biens que, sauf quelques cas rares d'hoirie ou de dotation, le roi est censé n'avoir achetés qu'avec les deniers de la liste civile. Ce retour à l'état des biens acquis avec son argent, est donc plus naturel qu'il le paraît au premier coup-d'œil, et l'équité se joint à la raison politique pour le justifier. (1).

Y aura-t-il un domaine extraordinaire ? (2)

Je retrancherais l'article, parce que la supposition d'un domaine extraordinaire est injurieuse, étant impossible. En effet, le roi-citoyen n'a pas et n'aura pas un seul garde-du-corps; il ne paie pas et il ne paiera pas de ses propres deniers un seul soldat. Les armées ne sont plus les armées du roi, mais les armées de la nation : le sang de la France n'appartient plus qu'à la France; les conquêtes de la France ne seront plus que celles de la France; les domaines de l'état ne tomberont jamais dans la fortune privée d'un homme, quel qu'il soit. Si quelque ministre courtisan volait les fruits de la guerre ou les propriétés de la nation, pour en composer à son maître un domaine extraordinaire, il serait accusable à la fois de trahison et de concussion. Ainsi, la

---

(1) C'est dans ce sens que la loi du 1er décembre 1790 portait : » Les biens que le prince acquiert pendant son règne, à quelque » titre que ce soit, sont de plein droit et *à l'instant même* réunis » au domaine de l'état. »

(2) Projet du gouvernement, art. 19 : « Il ne sera plus formé de domaine extraordinaire. »

responsabilité des ministres inutilise l'article : rayons-le donc.

XI. « En thèse générale, les apanages subsistent-ils ?

» L'apanage d'Orléans ressuscité par la loi du 15 janvier 1825, n'est-il pas éteint par l'avènement de Louis-Philippe ?

» Doit-il renaître dans la personne de l'héritier présomptif ? »

1° Les apanages sont la constitution alimentaire des branches cadettes. Ils s'éteignent lorsque la branche cadette arrive à la couronne ;

Dans le premier cas, c'était le roi qui dotait ses parens.

Dans le second cas, c'est l'état qui dote le roi et ses enfans.

Les lois de la révolution ont supprimé les apanages immobiliers, parce qu'elles supprimaient les majorats ; parce qu'elles consacraient le principe de l'aliénabilité du domaine ; parce qu'elles voulaient restituer à la mobilisation et à la division les grands biens frappés de substitution et d'inaliénabilité par la nature et l'objet de leur constitution même.

2° C'est au domaine de l'état, dont l'apanage d'Orléans était un démembrement, que le retour légal doit s'opérer, et non à la dotation de la couronne.

Ainsi, il faut d'abord reconnaître, en principe, la dévolution nationale de l'apanage d'Orléans.

Si ensuite, au lieu de l'aliéner, pour diminuer la masse des biens morts, on le réunit, quant à la jouissance, à la dotation déjà trop considérable de la couronne, il n'en aura pas moins perdu sa nature apanagère, et la liste civile, dont ses ressources accroîtront le chiffre, devra être diminuée d'autant (1).

3° L'apanage ne doit pas renaître entre les mains du duc d'Orléans,

Parce que les lois constitutionnelles de la révolution, un moment suspendues par la faveur, ont aboli les apanages réels;

Parce que l'apanage d'Orléans, par l'avènement de la branche cadette au trône, a fait irrévocablement retour au domaine de l'état;

Parce que l'apanage ne devait se confondre avec la dotation de la couronne que dans la prévision de la permanence de cette dotation;

Parce que, selon que le roi aurait des enfans mineurs ou majeurs, mariés ou célibataires, garçons ou filles, vivans ou décédés, la liste civile, par une fluctuation bizarre, aurait tour à tour et tantôt trois millions de moins, et tour à tour et tantôt trois millions de plus;

Parce qu'un apanage de trois millions est un fardeau trop lourd pour un prince de vingt ans, élevé dans la simplicité du collége et dans les mœurs d'un citoyen;

---

(1) « L'ancien apanage d'Orléans, constitué en 1661, 1672, » 1692, ainsi que la petite forêt d'Orléans, qui en faisait originairement partie, formera la dotation de la couronne, quand le » prince royal se mariera, ou quand il aura atteint l'âge de dix- » huit ans.

« Quand il n'y aura pas d'héritier mâle, quand cet héritier n'aura » pas dix-huit ans, l'apanage se confondra avec la dotation de la » couronne, et n'en sera détaché de nouveau que dans les cas ci- » dessus énoncés. » *Voy.* Projet du gouvernement, art. 20.

Parce que l'histoire de l'antique monarchie, et même de la restauration, fait voir que l'héritier présomptif doit rester dans la dépendance étroite du roi, et surtout un fils de son père. Nous avons eu assez de cours de collatéraux, assez de conspirations de camarillas, assez de corruptions secrètes qui ont jeté le trouble dans l'ancienne France, dans le gouvernement constitutionnel et dans les chambres.

Le roi est sacré, parce qu'il est plus qu'une personne; il est un pouvoir. Toute personne qui n'est pas le roi n'est qu'un simple citoyen, même l'héritier présomptif.

Nous ne verrons plus, nous l'espérons du moins, se reconstituer ces fastueuses maisons de princes et de princesses, qui seraient une véritable anomalie avec la révolution de juillet, disons plus, un scandale, et qui affaibliraient la confiance et le respect des peuples pour la nouvelle dynastie : c'est de sa simplicité, de sa modestie, que la famille royale doit tirer son éclat, et, en vérité, j'ai beau me creuser monarchiquement la tête, je ne crois pas que la Charte de 1830, ou toute autre, fût en danger de mort, parce que M. le duc d'Orléans ne serait pas tout-à-fait aussi riche que M. le comte Roy ou que M. le baron Rothschild.

XII. « Y a-t-il lieu de réunir la petite forêt d'Orléans » à l'apanage qui fera partie de la dotation de la cou» ronne? »

Cette forêt, acquise par le roi Louis VII, en 1154, est-elle, en tout ou en partie, un démembrement de l'apanage? Cela est douteux. Il paraîtrait qu'elle appartenait à l'abbaye Saint-Benoît-sur-Loire; qu'elle n'était grévée que d'un droit de gruerie envers le roi; que ce droit se serait éteint, soit par l'effet des lois abolitives de la féodalité, soit par la confusion qui s'est opérée entre les mains de l'état, de la qualité de créancier du chef du roi, et de débiteur du chef de l'abbaye, que l'état représentait simultanément; que cette forêt n'a pas été remise au duc d'Orléans, ni en 1814, ni en 1825; enfin que l'état doit en jouir et qu'il en jouit.

Pourquoi donc réunir cette forêt à l'apanage? Pourquoi? c'est qu'elle contient 3,627 arpens, et qu'elle produit 30,000 francs de revenus. Dépouiller l'état pour enrichir le prince, est-ce une raison suffisante? Je n'en sais rien; mais qu'en dit-on?

XIII. « Les récompenses stipulées pour améliorations,
» dans les actes constitutifs de l'apanage d'Orléans, et
» dont le roi a fait le délaissement à ses enfans par l'acte
» de donation du 6 août 1830, peuvent-elles être répé-
» tées aujourd'hui même? »

Il faut distinguer.

Les indemnités d'amélioration qui seraient antérieures à la révolution de 1793 ne peuvent être répétées, parce qu'il y a eu confusion dans la personne de l'état qui, pendant l'émigration de l'apanagiste, représentait à la fois le créancier et le débiteur. L'effet de cette confusion a été maintenu envers les émigrés relativement à leurs créances sur l'état, soit par les lois générales et spéciales de la révolution et de la restauration elle-même, soit par la jurisprudence invariable du conseil-d'état, soit par les arrêts de la cour de cassation.

De plus, ces indemnités constituaient une créance sur le trésor, qui prenait ouverture le jour même où l'apanage prenait fin. A la vérité, l'action, par force majeure, n'a pu être exercée en temps utile; mais le droit lui-même, malgré l'exercice possible de l'action, se serait trouvé périmé; car la déchéance la plus universelle, la plus absolue, la plus irrévocable, a été prononcée par toutes les lois de finances qui, depuis 1810, se sont succédées et confirmées contre toutes les créances sur l'état antérieures au 1er vendémiaire an 9, quels que fussent leur origine, leur nature, leur légitimité, leur titre et leur porteur.

Si donc la créance dont il s'agit échappait à la confusion, ce serait pour retomber dans les liens de la déchéance.

L'une et l'autre de ces exceptions atteignent à la fois l'action et le droit.

Quant aux améliorations qui se seraient effectuées pendant la main-mise nationale, c'est au profit de l'état seul et contre l'apanagiste, que pourraient s'exercer les répétitions.

Restent les améliorations de l'apanage, postérieures à 1814.

Inutile de rechercher si l'action apanagère en indemnité n'a pas revécu par la force de la loi du 15 janvier 1825.

L'équité, à défaut de stipulation, exigerait que l'état, dès qu'on ne peut opposer ni confusion ni déchéance, ne rentrât point dans la pleine propriété de l'apanage, sans faire compte des augmentations de consistance ou de valeur. La prévision de ces récompenses engageait l'usufruitier à mieux entretenir, à embellir, à améliorer et à accroître l'apanage. La stipulation était sage, et l'indemnité est due. Mais à quelle époque s'ouvrira-t-elle ? (1)

Au décès du roi. En effet, si le roi conserve l'usufruit de l'apanage, il jouirait du capital de l'indemnité liquidée, indemnité presque exclusivement afférente au Palais-Royal.

Or, il est évident que le roi ne peut cumuler dans ses mains l'usufruit de la chose améliorée et l'usufruit du prix d'amélioration.

D'où il suit que l'action des enfans donataires ne peut s'ouvrir qu'au décès du donateur, c'est-à-dire à l'instant où l'usufruit se consolidera dans leurs mains à la nue-propriété.

Si, comme il le paraît, la donation du 6 août 1830 comprenait des actions éventuelles sur le trésor, en répétition des créances antérieures à l'an 9, il est bon d'avertir les donataires ou leurs tuteurs, que l'action es prescrite et le droit nul.

XIV. « La loi sur l'établissement de la liste civile doit-elle porter que l'état dotera le prince royal et les puînés ? » (2)

---

(1) « La propriété de la partie apanagée ne pourra être réunie au » domaine de la couronne, que sauf l'indemnité de droit, telle » qu'elle est réservée dans l'acte constitutif dudit apanage. » (Voir projet du gouvernement, art. 21.)

(2) L'article 16 de la loi du 1er décembre 1790, portait : « Il ne sera concédé, à l'avenir, aucun apanage *réel*. » La Charte de 1814, la loi du 8 novembre 1814, et la Charte de 1830, n'ont point abrogé cette sage disposition. Aux termes du même article 16, les puînés devaient être élevés et entretenus aux dépens de la liste civile, jusqu'à leur mariage ou jusqu'à ce qu'ils eussent atteint l'âge de 25 ans accomplis.

En thèse,

La loi actuelle ne doit pas régler ce qui touche, soit un autre règne, soit d'autres personnes que le roi.

Cette autre loi, s'il nous était permis d'en enseigner l'esprit et les dispositions, devrait poser en principe, comme conséquence à la fois de l'abolition du domaine privé et des apanages immobiliers, que l'état dote les enfans du roi; et secondement, que les apanages immobiliers ne pourront jamais, sous aucun prétexte, être rétablis.

Cette loi devra veiller à ce que la substitution des apanages ne jette point de trop grands biens dans la main-morte, à ce que la construction de trop grosses fortunes ne blesse pas l'égalité des autres citoyens, et à ce que des maisons et des camarillas princières ne troublent pas l'harmonie des pouvoirs constitutionnels et le repos de l'état.

Il faut que la dotation en argent du prince royal et des puînés soit suffisante mais modeste, comme il convient à des citoyens d'un état libre. Il faut, puisque la Charte n'alloue de liste civile permanente qu'au roi seul, que cette dotation soit votée annuellement par les chambres, de même que tous les autres services publics, de même que les dépenses les plus sacrées du trésor, afin que les princes soient retenus sans cesse, par l'annualité de ce vote, sous l'obéissance du roi et de la nation.

XV. « Le service de la caisse de vétérance et la reprise

» des valeurs de cette caisse doivent-ils passer à la nou-
» velle liste civile ? » (1)

L'article 17 de la loi du 8 novembre 1814 n'accordait de pensions de retraite que sur les retenues des traitemens et gages.

L'ordonnance d'exécution du 3 décembre 1814 a établi sous la responsabilité du ministre de la maison du roi, le fonds de la caisse de vétérance, qui se composait :

1° D'une retenue de 3 p. 100 sur les traitemens ;

2° D'un demi p. 100 sur tous les paiemens faits par le trésor de la liste civile ;

3° Du produit de la vente de tous les objets détériorés par l'usage.

Tout pensionnaire devait justifier :

1° De 30 ans de services, ou de 25 ans de services et de 30 ans d'âge ;

2° De 10 ans de services après infirmités ou suppression d'emploi.

La caisse n'a dû commencer à servir de pensions qu'en 1824.

---

(1) « Les pensions ne subsisteront qu'autant qu'elles auraient » été accordées à des employés de la maison du roi et assignées sur » un fonds provenant des retenues faites sur leurs appointemens. » (Projet du gouvernement, art. 9.)

« La liste civile recueillera toutes les valeurs appartenant à la » caisse des retraites, dite des vétérans, créée en vertu de l'art. » 17 de la loi du 8 novembre 1817, et elle restera chargée d'ac- » quitter les pensions qui sont ou seront liquidées à la charge de » cette caisse. » (Même projet, art. 10.)

Elle possède une inscription sur l'état de 176,000 fr. de rentes.

Cela posé, question de savoir si la nouvelle liste civile doit hériter de la caisse de vétérance.

En principe, les règnes ne doivent pas s'enchevêtrer l'un dans l'autre, et surtout les dynasties. Donc, point de solidarité entre les deux listes civiles. Chaque roi peut garder ou renvoyer les serviteurs, gagistes et employés de ses prédécesseurs. Il est personnellement délié du paiement de toute pension antérieurement constituée, quelle qu'elle soit. Il est le gardien des retenues pendant sa vie et leur administrateur, sous les conditions passées avec les employés. A son décès, son successeur rend le dépôt. Ce dépôt est la propriété des employés. S'il y a contestation entre eux, cette contestation est, comme toute autre question de propriété, du ressort des tribunaux.

Est-ce que la liste nouvelle pourrait vendre, comme le suppose le projet de loi, des valeurs qui ne sont pas siennes? A-t-elle mandat des propriétaires? Qui lui a permis de manutentionner ses fonds? Pourquoi ferait-elle ce que ne peut faire la loi, car la loi ne peut, sans injustice, toucher, au profit d'un tiers, à la chose d'autrui?

Les employés restans peuvent avoir intérêt à cet héritage. Mais les employés sortans n'en ont pas. D'abord, les fonds nouveaux seront moins abondans, parce qu'il y aura moins d'employés. Deux des sources de revenus peuvent se tarir. Car on ne peut obliger le roi à donner un *quantum* sur le produit des paiemens et des recettes. Ensuite, le montant des retenues peut n'être, pour les nouveaux employés, que de 2 p. 100, tandis qu'il était de 3 p. 100 pour les anciens. Qui veillera, dans l'intérêt de ceux-ci, à la gestion de la caisse ? Il y avait jadis un ministre responsable. Aujourd'hui il n'y en a pas.

S'il y a eu des excédans de pensions, c'est que les conditions de la loi et de l'ordonnance n'ont pas été remplies ; eh bien ! c'est le cas, selon justice, de les réviser, et, s'il y a lieu, de les réduire.

S'il y a eu des détournemens de fonds, c'est le cas de réserver aux pensionnaires leur action en restitution contre les administrateurs de la caisse.

S'il faut demander à l'état des fonds supplémentaires, on y regardera de près. Le ministre des finances est responsable, il en doit compte. Il y aura publicité. Les chambres interviendront. L'arbitraire sera recherché et la dilapidation punie.

Si, au contraire, on laisse opérer la liquidation par la nouvelle liste, elle se fera par ménagement et par compérage, dans l'ombre, sans publicité, sans contrôle. L'état sera grévé, sous les plus beaux prétextes, par un appel de soins auxiliaires.

Ce qu'il y a de mieux à faire, c'est de liquider, conformément à la loi et à l'ordonnance, en présence des syndics des titulaires, dans les limites des deniers en caisse. S'il y a eu dilapidation, le recours est réservé, devant qui de droit, aux intéressés, contre les anciens agens de la liste civile ou sur les autres valeurs disponibles de cette liste. L'état, comme tout dépositaire, ne doit pas un sou au-delà de ce qui est dans ses coffres. La loi, à cet égard, est claire et précise. Au surplus, c'est tout ce que demandent et que peuvent demander les employés.

Une liquidation légale, mais rigoureuse, réduira de beaucoup la dette, et cependant le ministère demandait pour l'acquitter 860,000 francs l'an dernier. Aujourd'hui, c'est un million qu'il lui faut. De plus, il y a en caisse 176,000 fr. de rente.

Ainsi, voilà près de 1,200,000 fr. de pensions qui grèveraient la seule caisse de vétérance! tandis que les pensions civiles pour toutes les administrations financières du royaume, les douanes, les postes, la loterie, les domaines, les contributions directes et indirectes, la justice, la police, l'intérieur, les préfectures, les ponts-et-chaussés, etc., ne montent qu'à 1,700,000 fr.

Il faut ajouter que la liste civile était déjà surchargée de 6 millions de pensions de faveur, 2,500,000 fr. au moins seront reportés sur l'état. Faites donc de grosses listes civiles!

Nous périssons par l'excès des pensions et des sinécures. Il faudra nécessairement ou faire banqueroute, ou réviser les pensions et abolir les sinécures.

La liste nouvelle ne demandait pas mieux que de se charger des vétérans pour un million annuel pendant la durée du règne, indépendamment des 176,000 fr. de rente encaissés.

Je le crois bien. Les vétérans meurent l'un après l'autre, mais le précieux million ne meurt pas; mais les 176,000 fr. de rente sont bons à prendre, et surtout à garder. En sorte qu'à chaque pensionnaire qui s'en va dans l'autre monde, ce serait tout gain pour la couronne. Par suite des extinctions et des révisions, au bout de peu d'années, un actif de plus, tout service fait, s'ajouterait au chiffre déjà si énorme de la liste civile.

Ainsi, lorsqu'on demande à servir les pensions, on fait semblant de pleurer d'un œil pour les vétérans qui repoussent votre sensibilité et vos offres, et l'on rit de l'autre œil pour la liste civile, qui y trouve son profit. Voilà le fond du calcul, de l'argent, de l'argent!

XVI. « La liste civile sera-t-elle divisée en deux parties : l'une employée aux dépenses de la maison du roi, et dont il ne devra aucun compte ; l'autre, affectée à des services publics et employée en subventions de théâtres, pensions d'artistes et d'hommes de lettres, direction des beaux-arts, et constructions monumentales, dont les agens du roi rendraient un compte moral, qui serait publié, ou qui serait soumis annuellement à la cour des comptes? »

L'idée de ce partage de la liste civile en deux services distincts, a pour objet d'empêcher le gaspillage de ses deniers par les gens de cour, et d'attacher à l'emploi des fonds une garantie morale, rassurante à la fois pour le roi et pour le pays.

Le but est louable. Mais le moyen est-il constitutionnel?

Conçoit-on un simple intendant à la tête d'un service public? Se figure-t-on un roi directeur de spectacles et entrepreneur de bâtimens? Qu'est-ce qu'un roi comptable? Qu'est-ce qu'un compte moral? Qu'est-ce qu'une discussion de préférence? Y aura-t-il affectation d'emploi? Y aura-t-il publicité? Par quelle voie? S'il y a détournement de spécialité, qui sera responsable, et devant qui? Et s'il n'y a ni spécialité, ni publicité, ni responsabilité, qu'est-ce qu'un compte?

Le soumettra-t-on annuellement à la cour des comptes? Mais, s'il n'y a pas publicité, à quoi bon? S'il y a publicité, il faudra qu'il y ait contrôle. Or, la cour des comptes, d'après son institution, n'exerce aucune juridiction sur les ordonnateurs. Elle se bornera à vérifier la régularité matérielle des pièces comptables. Qui pourra distinguer ce qui serait de construction monumentale et qui serait de réparation, et, par conséquent, ce qui serait sujet à compte et ce qui n'y serait pas sujet? Qui donc aussi contrôlera les ordonnateurs? Les chambres? non. La presse? vous l'avez dit.

Or, le roi voudra-t-il? On nous dira, en son nom, que le roi exerce un patronage discrétionnaire, une dictature de bienfaisance; qu'il peut dispenser ses trésors comme et à qui il lui plaît, et qu'on n'a rien à y voir.

Prétextes arbitraires, raisons de courtisan. Je connais un autre moyen de mettre ces deux opinions d'accord : c'est de ne pas remettre au roi de service public; c'est de lui ôter cet héritage inconstitutionnel de l'empire et de la restauration; c'est de ne pas le mêler dans les querelles des coulisses, des artistes et des maçons; c'est de se souvenir que les ministres seuls administrent, décomptent et répondent; c'est de confier les théâtres à la gestion municipale, les constructions au ministre des travaux publics, les beaux-arts et les musées au ministre de l'intérieur; c'est de laisser les subventions au vote annuel des chambres, le contrôle aux organes de la publicité, et la responsabilité aux conseillers ordinaires de la couronne,

Tout le monde y gagnera : le roi, les principes constitutionnels, les artistes et le pays.

XVII. « De quel jour doit partir la liste civile, et de » quels élémens se composera la liquidation de l'arriéré ? »

La question se résout par les termes de l'article 19 de la Charte. Si la liste civile est votée pour toute la durée du règne, c'est au premier jour du règne qu'elle doit commencer à courir. Sa fixation, même postérieure, remonte à ce jour, comme tous les actes déclaratifs.

Il suit de là que la liquidation doit comprendre deux portions, l'une en nature, l'autre en argent.

L'actif de la dotation immobilière doit se compenser avec le passif, tant du personnel, que du matériel au grand complet de réparation ordinaire et extraordinaire, et non pas à l'état du simple entretien. L'excédant du revenu sur la dépense serait remis au roi, si la dotation intégrale entre dans la composition de la liste civile.

Le bilan de la dotation en argent est facile à dresser. Si la somme annuelle à prélever sur le trésor était fixée à 20 millions, le roi, qui n'en a reçu que 18, devrait toucher deux millions d'arriéré. Si, au contraire, la fixation était de 10, le roi devrait remettre huit millions au trésor. Ainsi, soit qu'il y ait excédant ou déficit, c'est une simple règle de compensation à appliquer.

Pour donner cette solution, si favorable à Louis-Philippe, il faut s'attacher rigoureusement au texte de la Charte : c'est une solution de droit strict.

Car si l'on donnait une solution d'équité, alors, au lieu d'un décompte de chiffre, on ferait un compte de clerc à maître. On dirait au trésorier de Louis-Philippe : « Votre maître n'avait pas de cour, pas de maison montée, pas de représentation royale, et, indépendamment de ses immenses revenus personnels, vous avez reçu 18 millions par an. Maintenant, voyons : quelles ont été vos dépenses? Jamais prince plus économe n'a tenu des registres plus réguliers : ouvrez-les. Tant pour son entretien et celui de sa femme et de ses enfans, tant pour sa table, tant pour ses chevaux et équipages, domestiques, chauffage, éclairage, voyages, frais de maison et charités. Le voici ; rendez le reste. »

Si quelque soldat, amputé des deux jambes sur le champ de bataille, en défendant glorieusement sa patrie, avait touché 20 fr. au-delà de sa petite pension, ne serait-il pas poursuivi par le fisc en restitution de cette somme? Comment se ferait-il donc que le roi ne fût pas tenu de restituer ce qu'il a touché, depuis dix-huit mois, en excédant de la liste civile votée pour toute la durée du règne? Est-ce qu'entre les soldats et les rois, la justice aurait par hasard deux poids et deux mesures? Est-ce que les députés de la France ont été envoyés à la chambre par les pauvres contribuables, non pour voter des dépenses nécessaires, mais pour faire des cadeaux aux riches! Si c'était ainsi que nous dussions faire les affaires du peuple, autant valait rester chez nous.

D'ailleurs, tous frais faits, en argent, billets ou valeurs de banque, n'auriez-vous donc plus rien dans vos coffres? regardez-y bien. . .

Ces questions ne laisseraient pas que d'être embarrassantes. Mais, pour couper court, tenons-nous-en au texte de la Charte, et décomptons.

XVIII. « Quels sont le caractère et les effets de la » main-mise du monarque sur les biens de l'ancienne » dotation de la couronne, pendant l'intérimat de la » liste civile ? »

Les châteaux dits royaux sont aujourd'hui la propriété de l'état et pas encore biens de la couronne.

L'article 19 de la Charte ne parle que d'une liste civile, c'est-à-dire d'une somme annuelle.

La loi du 8 octobre 1814 distingue également, dans son préambule et dans ses dispositions, la dotation de la liste.

Le roi règne et il n'administre pas.

Les biens de l'état sont sous la surveillance, la gestion et la responsabilité du ministre des finances.

De ces principes combinés, il suit :

1° Que le roi n'a pu nommer, sans contre-seing ministériel, les administrateurs des biens de l'ancienne dotation ; (1)

2° Qu'il n'a pu toucher et s'appliquer personnellement aucuns fruits de ces biens en nature, rentes, loyers ou argent, en un mot aucun excédant, s'il y en a eu, de la recette sur la dépense ;

3° Qu'il ne pouvait régulièrement, avant la fixation de la liste civile, prendre, lui roi électif, possession de Saint-Cloud et des Tuileries, pas plus qu'il ne pouvait occuper le palais de Justice, le palais Bourbon et le palais du Luxembourg, qui sont, comme les Tuileries et Saint-Cloud, des propriétés de l'état ;

---

(1) Il y a eu contre-seing en ce point. V. Bulletin des Lois.

4° Que les secours aux employés supprimés et pensionnaires de la liste civile n'ont pu être accordés au nom du roi, mais au nom de l'état; que ce n'est qu'en ce dernier nom, qu'on a dû payer les employés actuels, percevoir les fruits, ordonner les réparations;

5° Que le roi aurait excédé ses pouvoirs, s'il avait prescrit de son chef, à ses architectes et ouvriers, de déplacer les statues, de renverser les grilles, de couper par des tranchées profondes la terrasse longitudinale des Tuileries ; que le ministre des finances, gardien des biens de l'état, aurait véhémentement compromis sa responsabilité en n'arrêtant pas ces entreprises, de même que le ministre des travaux publics ou les préfets de la Seine et de la police manqueraient à leurs devoirs, s'ils souffraient qu'il prît fantaisie aux agens du roi d'intercepter par des fossés, les abords du Pont-Royal et du Pont-Neuf.

Si le ministre des finances tolérait que qui que ce soit mît la main, sans ses ordres et sans son contrôle, sur les domaines de l'état, il ne faudrait plus dire que les ministres sont responsables. Si le roi ne se renfermait pas exactement dans les bornes de son autorité légale, il ne faudrait plus dire que la loi est souveraine.

La rigueur des principes exigerait un bill d'indemnité dans ce cas.

XIX. « Les créanciers de l'ancienne liste civile ont-ils action sur ses biens meubles et immeubles ? »

Il faut distinguer :

Quant aux meubles apparens et reconnaissables qui existaient à l'avènement de Charles X, et qui ont été compris dans un inventaire descriptif, l'action des créanciers ne peut les atteindre. Ils ne sont pas leur gage ; ils font partie de la dotation de la couronne.

Quant aux immeubles de la dotation, ils sont inaliénables et imprescriptibles, et ils ne peuvent être ni hypothéqués, ni donnés, ni engagés.

Mais il n'en est pas de même des valeurs en caisse, diamans, perles, pierreries, tableaux, objets d'art, collections d'antiquités, ouvrages de sciences et de littérature, mobilier de toute nature, matières premières et produits accumulés des manufactures de Sèvres, des Gobelins et de Beauvais, vins, chevaux et voitures, etc.

Tous ces objets fongibles ou non fongibles, sont le gage naturel est sacré des créanciers, ainsi que les maisons, terres et bois achetés à titre d'enclave ou d'annexe.

Les actions judiciaires à fin de paiement, ou en résolution de contrat, faute de paiement, subsistent pour les vendeurs, à l'égard de Charles X ou de ses représentans.

En ce qui touche les créances et actions mobiliaires, il faut encore distinguer.

L'Etat peut rigoureusement ne les liquider que jusqu'à concurrence de l'émolument; mais comme les créanciers surpris par la force majeure de la déchéance, n'ont pu prévoir cet événement, il faut que l'équité du gouvernement réponde à leur bonne foi. N'y aurait-il pas d'ailleurs mauvaise grâce et même contradiction révoltante, à contester le paiement des créanciers, lorsqu'on va transférer bénévolement sur le grand livre de la dette publique, 2 millions 500,000 francs de pensions de pure faveur? Avant d'être généreux, il faut être juste.

L'Etat, je n'hésite pas à le déclarer, doit supporter le passif, excédât-il l'actif; mais, d'après une revue sommaire, le passif sera, dit-on, couvert par les valeurs de l'ancienne liste civile.

Maintenant, qui doit liquider?

L'art. 14 du décret législatif du 11 juin 1806 met dans les attributions du conseil-d'état le contentieux des demandes relatives aux marchés des travaux et fournitures faits pour le service de la liste civile.

Il suit de là que pendant l'existence de la liste civile, c'est au ministre ou intendant de la maison du roi à opérer la liquidation. Après l'expiration de la liste civile par mort, déchéance ou autrement, c'est au ministre des finances à faire cette liquidation, sauf, après décision, et, s'il y a lieu, recours au conseil-d'état par la voie contentieuse.

Les parties intéressées ne peuvent répudier la compétence administrative; elles l'ont acceptée, puisqu'elles ont contracté sous l'empire de ce décret, et que l'ignorance de la loi ne se présume pas.

Il est bon de dire, au surplus, qu'elles ne déclinent pas la juridiction du gouvernement, pourvu que le gouvernement les paie.

Toutefois, comme les créanciers pourraient décliner cette compétence, laquelle, d'ailleurs, s'appliquerait difficilement à la vente presque manuelle des diamans, perles, tableaux et objets d'art, qui ne sont, à proprement parler, ni des travaux, ni des fournitures, il convient que la loi, pour éviter les conflits, règle les attributions, soit que, déclarant débiteur l'état, elle soumette toutes les créances à l'obligation d'une liquidation ou vérification administrative des titres; soit que, délaissant aux créanciers les objets et valeurs dont l'état n'est que détenteur et gardien provisoire, elle renvoie les parties à faire régler leurs droits par les tribunaux.

Cette loi de liquidation de l'ancienne liste civile aurait dû, dans l'ordre rationnel, précéder la loi sur l'établissement de la nouvelle liste.

Cette interversion de marche suspendra l'attribution finale à la nouvelle dotation de la couronne, des meubles et immeubles acquis par Charles X ; mais après la liquidation, la faculté des échanges amènera naturellement ces réincorporations.

Dans tous les cas, l'état doit, s'il y en a, couvrir le passif. La nation française est généreuse, et la révolution de juillet ne fera pas banqueroute aux créanciers sérieux et légitimes de l'ancienne liste civile.

Mais, nous le répétons, ils trouveront dans les valeurs actives de cette liste, leur gage et leur paiement intégral. Quant aux créanciers de Charles X, alors comte d'Artois, c'est à eux à le poursuivre personnellement, comme ils l'entendront. L'état ne leur doit rien. Seulement, il ne confond pas dans la nouvelle dotation de la couronne, avant discussion et paiement, les meubles et immeubles acquis par Charles X, depuis qu'il est roi. Voilà tout ce qu'on peut demander à l'état, et tout ce qu'il peut offrir.

Quant aux créanciers, fournisseurs et pensionnaires futurs de la nouvelle liste civile, je dois les avertir, pour leur sûreté et instruction, que, dans la prévoyante et sage économie de la loi, les créanciers personnels du prince dont les titres sont antérieurs à son avénement, n'ont aucune action, ni sur la dotation de la couronne, ni sur le domaine privé qui lui échcoit ou qu'il acquiert pendant son règne; que les paiemens mensuels de la somme annuelle ne peuvent être frappés d'opposition entre les mains du trésor; que cette somme est également insaisissable entre les mains de la liste civile; que l'état ni l'héritier du roi actuel ne peut être, à aucun titre, et sous aucun prétexte, grévé après sa mort, des pensions ou dettes, ou engagemens qu'il aurait contractés. (1)

C'est donc aux fournisseurs et entrepreneurs, ou à se faire payer comptant, argent pour fournitures, ou à courir sciemment les risques de la royale insolvabilité.

Qu'ils se tiennent donc pour avertis.

En résumé, j'estime,

1° Que la dotation de la couronne, tant en meubles qu'en immeubles, ne doit être ni perpétuelle, ni viagère, mais facultativement périodique, comme tous les autres services et dotations soumis au vote législatif;

2° Qu'il ne doit pas y avoir de domaine privé, et que, s'il y en a un, il ne doit être grossi, ni par des donations, testamens et héritages du dehors, ni tomber, comme un patrimoine, dans la succession des enfans;

---

(1) L'article 11 du chapitre 3 de la constitution de 1791 portait dans ce sens et sagement que « les condamnations obtenues par les » créanciers de la liste civile seront exécutoires contre l'administra- » teur *personnellement et sur ses propres biens.* » On faisait ainsi » peser avec raison les réalités de la responsabilité sur l'ordonnateur des dépenses.

3° Que les biens privés de Louis Philippe, dont il n'aurait pas disposé, ont été dévolus et unis de plein droit au domaine de l'état, le jour même de l'avénement; qu'il en est de même de l'usufruit, s'il a disposé de la nue-propriété.

4° Que le roi n'a pas pu priver le duc d'Orléans, par l'acte du 6 août 1830, de sa portion légitimaire, laquelle, à l'avénement de celui-ci, fera retour à l'état;

5° Que l'apanage d'Orléans a été éteint et réuni, par l'effet de l'avénement, au domaine de l'état, et que s'il en est détaché pour accroître la dotation de la couronne, ce ne peut être qu'à titre de jouissance usufruitière, et sauf à précompter le montant net du revenu, tant des biens privés que de l'apanage, que sur le chiffre de la liste civile;

6° Qu'il n'y a pas lieu de réunir la petite forêt d'Orléans à l'apanage;

7° Que les indemnités de récompense pour améliorations de l'apanage depuis 1814 ne seront exigibles pour les puînés d'Orléans, qu'au décès de Louis-Philippe;

8° Que l'état ni les biens de la couronne ne peuvent être grévés des dettes du roi régnant ni de celles de ses prédécesseurs, ni des pensions par eux accordées;

9° Que le décompte de l'arriéré touché tant en revenus qu'en argent, depuis dix-huit mois, par les agens de la couronne, doit se régler en excédant et en déficit par le chiffre de la liste civile, dont la fixation remonte déclarativement au premier jour du règne, et que l'expédant de trop perçu doit rentrer au trésor, par voie de l'élèvement proportionnel, sur les paiemens mensuels qui courront du 1er janvier 1832;

10° Que les créanciers de l'ancienne liste civile ont action sur les biens meubles et immeubles acquis depuis l'avénement de Charles X;

11° Que le ministre des finances a compromis sa responsabilité, en n'arrêtant pas les entreprises des agens de la couronne sur les biens de l'ancienne dotation, et en ne frappant point réellement de l'appréhension nationale l'usufruit des biens privés et les revenus de l'apanage;

12° Enfin, que le partage des deniers de la liste civile en deux services, l'un privé, l'autre public, ne serait utile et constitutionnel qu'autant qu'il y aurait pour ce dernier service publicité, compte rendu et responsabilité.

Je livre ces solutions, qui intéressent l'avenir du trône plus qu'il ne s'en doute, au public, dont le jugement, dans les questions mêlées de politique et de droit, est aussi sûr qu'éclairé.

Il me reste à évaluer, dans une troisième et dernière lettre, l'importance de la liste civile, par des rapprochemens, des tableaux et des chiffres. La chambre a fait son devoir, en ordonnant, comme le parlement anglais, l'impression et le dépôt de tous les documens que nous avons demandés. C'est à la presse à faire le sien; c'est à la presse à défendre l'argent des pauvres contre les paroles enchantées de la cour; c'est à la presse à secouer sur l'ombre dont le ministère s'enveloppe les rayons de la publicité.

Paris. Imprimerie de SÉTIER, rue de Grenelle Saint-Honoré, n. 29.

TROISIÈME

LETTRE POLITIQUE

DE M. DE CORMENIN,

SUR LA LISTE CIVILE.

Si l'on me demandait : « Combien M. Paul, conseiller » d'état ou président de cour royale, doit-il dépenser par » an pour tenir sa maison sur un respectable pied de cui- » sine, de logement, de voiture et d'entretien ? » Je dirais, en comparant l'état de Paul au mien : Telle somme peut lui suffire, et je ne me tromperais guères.

Si je montais jusqu'aux ministres, mes appréciations pourraient faillir un peu plus ; mais lorsqu'il faut calculer les dépenses d'un roi, c'est alors que les évaluations manquent tout-à-fait ; car comment, de près ou de loin, se comparer à un roi ? J'interrogerai donc le roi lui-même pour savoir ce qu'il veut nous coûter ? Non, je suis trop respectueux et peut-être pas assez en faveur pour cela ; mais je demanderai à son ministre, à M. Barthe, par exemple, qui est venu dans le sein de la commission nous trouver de sa part, si l'on ne pourrait pas nous procurer, pour asseoir nos calculs, des évaluations sommaires, un tableau des dépenses présumées, des têtes de chapitres de services, du moins. Là-dessus, il ne faut pas que le ministre, qui dans ce moment-là songeait à toute autre chose qu'à ma demande, vienne me répondre que le jury doit être composé de telle ou telle façon, ou que le suffrage universel, en fait de municipalités, ne vaut rien; car je n'aperçois pas trop, logiquement parlant, ce que le jury et le suffrage universel ont à voir dans cette affaire. Il n'aurait pas fallu non plus que M. Barthe ajoutât qu'un pareil état n'était pas facile à dresser; car cela était tellement possible que cela a été fait, puisque les agens du roi nous ont fourni, l'an dernier, un canevas de dépenses qui a été redemandé, remanié, recommuniqué et repris.

Mais pourquoi donc refuser aujourd'hui ce qu'on offrait hier? Est-ce que la liste civile ne constitue pas un service public? est-ce que nous autres bourgeois, nous pouvons calculer la dépense d'un roi? est-ce que les mandataires de la nation peuvent lâcher l'argent de la nation, n'importe à qui, sans savoir où cet argent-là passe? est-ce que le roi des Français ne pourrait pas, sans déroger, se comporter comme le roi d'Angleterre, et la chambre des députés comme la chambre des communes? Or, le roi d'Angleterre, à chaque avénement, ordonne à ses grands officiers de présenter au parlement tous les comptes de dépenses du règne expiré, et le parlement en ordonne à son tour le dépôt, l'impression et la publication.

Il règne dans l'exposition de ces comptes une clarté, un ordre, un détail admirables. Ce sont cependant des comptes de cuisinière, et j'ai beau voir d'ici un sourire dédaigneux errer sur les lèvres pincées de nos courtisans; oui, Messieurs, ce sont des comptes de cuisinière, et vous allez bien vous moquer en lisant l'extrait suivant, où l'on trouve ce que le roi d'Angleterre a dépensé pendant l'année 1820, par exemple, en pain, viande, légumes, beurre, fromage, lait, bière, etc.

Livre de cuisine d'un roi gentilhomme.

Pain	35,550 fr.
Beurre, lard, fromage et œufs	60,075
Légumes	7,675
Viande de boucherie	144.625
Volailles	86,675
Poissons	44,200
Ale et bière	62,275
Chandelles	24,275
Epiceries	60,350
Huile	37,950
Fruits et confitures	15,550
Lait et crème	17,950
Lampes	175,750
Blanchissage du linge de table	42,550
Charbon	179,850
Papier	15,700
Coutellerie, chaudrons, etc.	9,175
Porcelaine, faïence et verre	41,025
Linge	80,425
Gages des domestiques	77,775
Indemnité pour beurre de table	15,200
Salaire des domestiques extra	33,850

J'ajouterai, pour faire rire nos courtisans français à gorge déployée, que le grand-chambellan d'Angleterre a la simplicité de donner aux commissaires du parlement le nom de chaque fournisseur, année par année, avec la nature des marchandises et le prix des factures acquittées.

Ainsi, on voit qu'en 1829, par exemple, il a été dépensé :

En draps..................	364 l.	7 sh.	
En chapelleries...........	35	1	
En blanchissage	1,812	13	5

Etc., etc.

On voit pareillement figurer sur cet état, imprimé avec les détails les plus exacts et les plus minutieux, les mémoires des tailleurs, des merciers, des tapissiers, des bonnetiers, des gantiers, des opticiens, des graveurs, des menuisiers, des lingères, des modistes, des couturières, des cardeurs de matelas, des colleurs de papiers, des apothicaires et des ramoneurs.

Cela est bien bourgeois, n'est-ce pas, M. Barthe? Cela est tout-à-fait risible, et, pour parler comme l'un de vos orateurs, c'est là un sale détail. Conçoit-on, en effet, qu'un chambellan d'Angleterre, un lord qui a plusieurs millions de rente, un véritable grand seigneur, s'abaisse à dresser des comptes beaucoup plus exacts, beaucoup plus spéciaux, et par conséquent beaucoup meilleurs que ceux des ministres responsables du roi-citoyen? Que cela est ignoble! Il est évident que les Anglais, comme le répètent tous les jours nos faiseurs du trésor, n'entendent absolument rien à la comptabilité et aux conditions essentielles du gouvernement représentatif.

Cependant vous avez encore, Ministres du 13 mars,

un progrès à faire en matière de comptabilité : c'est de nous présenter en blanc le chiffre de votre traitement. Vous nous direz : Faites comme pour le roi. Vous ferez admirer votre désintéressement par la majorité de la chambre, dont tout le monde sait que vous ne *disposez pas*, et en résultat, vous n'y perdrez rien, je vous assure ; car l'expédient est productif.

Sommes-nous crédules, nous autres bourgeois de Paris! A peine eut-on remis les pavés des barricades, chacun dans son trou, que nous nous dîmes, en nous frottant les mains : « Enfin nous allons donc posséder un gouvernement à bon marché! Ce sera une chose bien curieuse à voir, car elle est rare. »

Sans doute, disions-nous, nous n'exigerons pas que notre roi ait la simplicité ridicule du président des États-Unis, qui, dans un pays assez riche pour n'avoir point de dettes, se contente de prélever sur le trésor une somme de 125,000 fr. ; il nous faut absolument, à nous qui ne savons comment payer nos dettes, un roi qui ait cinquante fois plus de fortune que le chef glorieux de cette puissante république, quoiqu'il n'ait pas un pouvoir cinquante fois plus grand. Ce roi tout-à-fait désintéressé, nous le trouvons dans Louis-Philippe. Quelles dépenses pourrait donc faire un prince qui n'a ni chiens, ni chevaux, ni spectacles, ni chambellans, ni confesseur, ni maîtresses? Celui-là ne nous coûtera rien. Ah! ce n'est pas lui qui nous demandera une obole de plus avec ses 5 millions de revenu net. Il se contente de si peu! Allons-nous être heureux d'avoir enfin un roi bourgeois!

Bourgeois tant que vous voudrez! ce n'est pas là la question. Il ne s'agit pas de savoir ce qu'il est, mais ce que nous lui donnons, nous commissaires de la liste civile, chargés de faire, dans ce festin splendide, les honneurs de la nation. D'abord, 12 ou 14 millions à tirer à la courte paille; ensuite 4 millions de revenu, bon an, mal an, en terres et forêts; ensuite, douze beaux palais de ville et des champs avec leurs parcs, eaux et jardins; ensuite, des musées, diamans, bibliothèques et manufactures; ensuite, 32 millions de mobilier; ensuite, 2.559,912 francs d'apanage; ensuite, un usufruit de 2 millions; ensuite, un million pour le prince royal; ensuite, un douaire pour la reine; ensuite, des dotations pour les princes.

Il est vrai que le fardeau vous paraîtra moins lourd, si vous voulez bien considérer qu'il a été habilement distribué en quatre parties : la dotation de la couronne, le domaine privé, l'apanage et la liste civile; tout est prévu, rien n'y manque.

Il faut encore ajouter, pour compléter l'œuvre, que nous dégrévons la liste civile actuelle des dettes et charges de l'ancienne, pour en reporter obligeamment le poids sur l'état.

Ainsi, le roi n'aura plus ni pensions de 6 millions à payer, ni théâtres, ni maison militaire, ni chambellans dorés, ni vénerie, ni grands et petits écuyers, ni grande et petite aumônerie, ni gouverneurs de châteaux, ni état-major et le reste.

Diminuer les charges et accroître les revenus, il y a là-dedans du génie financier.

Honnêtes et sincères bourgeois, qu'en dites-vous? C'est singulier, je vous trouve tous ébahis!

Mais pour achever de vous réjouir, repassons un peu les détails de votre gouvernement à bon marché!

La dotation de la couronne comprendra les châteaux, les musées, les manufactures, les bois et les fermes.

Les châteaux: c'est le Louvre, les Tuileries, Saint-Cloud, Meudon, Fontainebleau, Compiègne, Trianon, Pau, Strasbourg. l'Élizée, Bordeaux, Versailles.

Comment, Bordeaux et Strasbourg aussi, qui sont à l'extrémité de la France? Eh! sans doute, répondent certains députés. Ne faut-il pas que le roi soit magnifiquement logé lorsqu'il voyage? Si donc Louis-Philippe aimait ses commodités et la truelle, il faudrait, à chaque relai de poste, lui bâtir un château royal! Nous avons bien vu Napoléon. enveloppé de sa capote grise, coucher sur les neiges glorieuses d'Austerlitz; mais un roi bourgeois ne saurait gîter dans une auberge. Où ai-je donc lu que nous étions un peuple de valets?

Nous allons avoir un trésor royal, des forêts royales, des châteaux royaux. Et la nation, Messieurs?

Pourquoi le Louvre, Fontainebleau, Compiègne, Versailles, ne seraient-ils pas des palais nationaux? Ils sont en rapport avec la grandeur de la nation. Ils ne le sont pas avec les modestes proportions d'un prince que 219 députés, ni plus ni moins, ont, dans la séance du 7 août 1830, appelé au trône.

Louis-Philippe ne pouvant les habiter, en sera le gardien et non le possesseur. Alors, autant vaut y mettre un concierge. Laissez Versailles à la couronne, ce sera un hospice de gens de cour, un élégant dépôt de mendicité. Laissez Versailles à la nation, elle placera dans les galeries de riches collections, des écoles normales, et des Musées de tableaux, de statues et d'antiquités. Elle y accordera une noble hospitalité à ces savans, à ces artistes, à ces hommes de lettres, que, dans ce siècle des capacités, nous avons si judicieusement chassés de nos élections et de nos chambres, parce qu'ils ne possédaient pas quelques terres à froment, ou quelque pignon sur rue, et qu'ils n'avaient reçus de la Providence que les dons célestes de l'intelligence et du génie.

Si les Tuileries avaient été un palais national, on ne verrait pas un architecte défigurer leur majestueuse simplicité, priver le public de ses passages, embarraquer de planches les jardins que la main savante de Lenôtre dessina, arracher de leurs fondemens et jeter dans la poussière, des statues qui avaient prescrit leur nationalité.

Au commencement, c'était le peuple qui avait tout fait. Comme il était grand! Comme on lui serrait les mains! Comme on chantait les chants du peuple! Comme on s'abaissait devant la souveraineté du peuple! Mais nous avons changé tout cela : la souveraineté de la raison, comprenne qui pourra, a remplacé la souveraineté du peuple, on ne se prend plus les mains, et les chants ont cessé.

Nos ministres ont fait retirer tout doucement la nation derrière la toile. En bons et vrais courtisans, ils ont mis le prince sur le premier plan, et comme les temps sont durs, ils ne demandent tout au plus qu'une vingtaine de millions pour lui acheter des oripeaux et pour en faire un roi de théâtre.

Des châteaux royaux passons aux fabriques royales.

Le monopole des manufactures royales a été utile dans l'enfance de l'art; mais, comme tant d'autres choses, il a fait son temps.

Il ne faut pas prétendre qu'il n'y a pas ici de monopole; car si vous donnez à une fabrique les bâtimens, les matières premières et l'argent; si elle ne paie aucune imposition, ni foncière, ni des portes et fenêtres, et si vous ne lui interdisez pas de vendre ses produits, vous direz tout ce que vous voudrez, mais il y aura monopole.

Si ces fabriques sont purement industrielles, pourquoi ne les laissez-vous pas a l'industrie? Si elles constituent des écoles savantes, pourquoi ne pas les remettre au ministre de l'intérieur? Mais le ministre pourrait les supprimer! c'est qu'alors elles seront inutiles. Mais les chambres ne voteraient pas de fonds! c'est qu'il n'y aura pas nécessité d'en voter. Comment! parce qu'un abus pourrait être détruit par la législature annuelle, il faudra l'encastrer dans la liste civile de manière qu'il ne puisse pas en sortir! Parce qu'un chancre dévorera le budjet, il ne faudra pas que la chambre l'en guérisse! les belles raisons!

On meuble aujourd'hui les châteaux royaux avec des papiers veloutés d'or et d'azur et de brillantes draperies de soie. Les lourdes tapisseries des Gobelins sont reléguées dans les gardes-meubles; mais on les envoie en présent au Grand-Turc! Eh bien! on lui enverra autre chose : ce n'est pas pour le Grand-Turc que nous votons une liste civile.

Pourquoi ne pas aussi livrer au monopole royal l'imprimerie et l'horlogerie? C'est que l'art ingénieux des

Breguet et des Didot a surpassé les œuvres stationnaires du monopole. Il en est de même du reste.

Quelle nécessité de faire ouvrer par les fabricans du monopole des tapis à 1,000 fr. le mètre carré ? Cela est beau à voir, c'est vrai ; mais cela coûte. Versailles aussi est beau à voir ; mais faut-il bâtir un autre Versailles ? (1)

Avec de l'argent, on fait éclore, sous les serres chaudes, des ananas et des roses au sein des plus rudes hivers ; mais avec cet argent-là on achèterait du pain pour les pauvres. Lequel vaut mieux ?

Le peuple n'a pas seulement des nattes de paille ; il grelotte de froid sur le carreau nu, et il faudra mettre sous les pieds des courtisans, des tapis, doux et soyeux, bigarrés de fleurs vives et de paysages (2).

---

(1) Versailles a été construit en 27 années. Il a coûté 187,078,537 livres 13 sols 2 deniers. Voici quelques détails : Maçonnerie 42,572 liv. Charpenterie 5,107,576 liv. Couvertures 1,437,559 liv. Plomberie 9,116,154 liv. Menuiserie 5,332,844 liv. Serrurerie 4,578 liv. Vitrerie 601,757 liv. Glaces 443,262 liv. Peintures et dorures 5,352,573 liv. Sculptures 5,592,140 liv. Marbrerie 10,087,004 liv. Etoffes d'or et d'argent 2,151,346 liv. Ouvrages d'argenterie 6,491, 518 liv. Christaux, agathes 1,112,138 liv. Honoraires des architectes 2,000,000 liv. Et Versailles a ruiné Louis XIV, et Versailles a englouti le reste de nos libertés, et nous avons une chambre de profonds économistes qui, au 19e siècle, qui, après la révolution de juillet, qui, en présence de la misère des contribuables, prétendent qu'il faut achever le Louvre, que des entassemens de pierres les unes sur les autres, font le bonheur du peuple et la gloire d'un roi citoyen ! Proh pudor !

(2) 24,000 personnes inscrites sur les contrôles du 12e arrondissement de Paris, manquent de pain et de vêtemens. Beaucoup sollicitent comme une faveur quelques bottes de paille pour se coucher.

1 fr. suffirait pour empêcher plusieurs enfans d'aller pieds nus pendant la mauvaise saison, et 50 fr. suffiraient pour arracher plusieurs familles aux horreurs et peut-être au désespoir de la misère. (*Circulaire du bureau de bienfaisance du 12e arrondissement, 1er janvier 1832.*)

Pourquoi donc aussi monopoliser entre les mains du roi, l'art de frapper les médailles? Si je veux avoir la vénérable figure de Lafayette, je la fais graver sur une pierre, et je ne puis l'avoir en métal sans la permission d'un courtisan? Qu'est-ce donc qu'une médaille? c'est une lithographie en bronze. Je demande si ce n'est pas là du monopole tout pur.

Ne s'avise-t-on pas aussi de vouloir faire du roi un entrepreneur des beaux arts?

Lorsque la souveraineté du peuple est la base d'un gouvernement, il faut que tout découle de ce principe. Il faut que tout respire en quelque sorte les émanations de la grandeur nationale.

Pourquoi le Louvre avec ses tableaux et ses statues ne resterait-il pas entre les mains de la nation? Pourquoi ne ferait-on pas cesser cette usurpation de Napoléon continuée par Louis XVIII? Encore Napoléon gardait lui-même le fruit de ses magnifiques conquêtes, et si l'infidélité de la victoire ne nous les eût pas ravies, il n'y a que la nation qui eût été digne d'en hériter.

Pourquoi donc l'artiste irait-il tendre la main à quelque courtisan, et ployer les genoux devant lui, pour en recevoir un dédaigneux secours? Est-ce ainsi que l'on comprend la dignité des artistes et leur fière indépendance? Seront-ils au milieu de leurs concitoyens, attachés, comme des ilotes, à la glèbe de la cour? Mais qui donc achèterait les statues et les grands tableaux! Qui donc? la nation.

La nation, lorsqu'elle achète, garde et jouit. La nation a un ministre responsable qui conserve les chefs-d'œuvre auxquels elle attache noblement ses plaisirs et sa gloire. La nation n'a chargé personne de communiquer aux artistes ses inspirations et ses récompenses. La nation n'a pas besoin qu'on la représente, c'est-à-dire qu'on l'efface par une personnification empruntée. La nation est assez grande, assez glorieuse, assez intelligente pour se représenter elle-même, et pour remplir les plus vastes palais de sa propre majesté. La nation n'a pas de domaine privé, où s'enfouissent les statues et les tableaux achetés avec son or. La nation ne souffrirait pas que ses mandataires votassent, pour l'inutile et ruineux achèvement du Louvre, travail de vaine gloire, des sommes énormes qui seraient si bien employées à construire des routes, des ponts, des canaux, des halles, des théâtres, qui consoleraient la France intellectuelle et sensible en ranimant le génie des arts, si languissant dans nos provinces.

Enfin, si vous ôtiez au roi les terres et les fermes de la dotation, vous les restitueriez au commerce, à la mobilisation et à l'impôt, et vous diminueriez, en même temps, les écritures et les frais de l'intendance.

Si vous ôtiez au roi les bois de la dotation, vous les restitueriez aux agens forestiers de l'état, qui les régiraient avec plus d'habileté et de profit (1).

C'est une fausse idée d'économie politique de s'imaginer que la possession royale de ces vastes domaines importe à la richesse et au bien-être des localités.

---

(1) Aujourd'hui, par une simple ordonnance, l'administrateur de la couronne, qui est sans *responsabilité constitutionnelle*, peut faire des coupes *à blanc* et détruire ainsi *l'usufruit* de la dotation qui est de 4 *millions. Casimir-Périer, séance du 27 mars 1827.*

Voyez aussi, disait-on, le propriétaire de ce château féodal! Il nourrit les pauvres, il répand ses bienfaits sur tous les habitans du village dont les terres lui appartiennent. Il est leur seconde providence.

Eh bien, ce château a été vendu ; le parc s'est converti en chenevière ; les allées portent des céréales. Les habitans qui vivaient d'aumônes, vivent de leur travail. La richesse territoriale a décuplé. L'abondance est où était la misère. Chacun est devenu propriétaire. Il paie l'impôt, il est citoyen, il aime mieux son pays.

Je conclus donc qu'il ne faut laisser à la couronne, ni tant de châteaux, ni les manufactures, ni les musées, ni les fermes et terres, ni les forêts.

Après avoir nettoyé la dotation, entrons dans les spécialités de la liste civile.

Ici, il faut se garder des confusions de gouvernemens, de temps, de mœurs, de pays et de souverains, qui amèneraient bientôt des erreurs de chiffre.

Ainsi, il ne faut pas dire : Charles X coûtait au trésor 30 millions. Louis-Philippe ne lui en coûtera que 15. Donc, c'est 15 millions de gagnés. Je dis que ce n'est pas ainsi qu'on doit poser la question. Il faut voir ce que Charles X dépensait follement et ce que Louis-Philippe doit dépenser sagement. Voilà la thèse.

Il ne faut pas dire, non plus, que le montant de la liste civile réparti sur chaque habitant donne, par exemple, en Angleterre, 1 f. 3 c. par tête; en Bavière, 19 c., et en France, 16 c. ; pour en conclure que nous devons grandement nous réjouir de ce que l'on veut bien nous débarrasser de notre argent, et que nous sommes, en vérité, trop heureux d'en être quittes à si bon marché.

C'est mal raisonner : en effet, on pourrait tirer la même conséquence de toute nouvelle dépense de 33 millions ; ce n'est, après tout, dirait-on, que 1 f. par tête. Ne voilà-t-il pas de quoi se plaindre? Qui ne donnerait 1 f. par tête? Mais, si le pauvre artisan ou laboureur a déjà sur les bras son vieux père, sa femme et ses nombreux enfans, et que vous lui demandiez 1 f. par-ci et 1 f. par là, par chaque tête, ce sera 8 ou 10 f. pour une seule dépense ; puis, autant pour telle autre, et, en définitive, il ne pourra plus payer. C'est ce qui n'est pas encore arrivé, mais c'est ce qui ne tardera guère, au train ruineux dont nous y allons. D'ailleurs, n'oublie-t-on point que le pauvre verse dans l'impôt indirect une plus forte part que le riche?

Toutes ces règles d'équation absolue sont très injustes, parce qu'elles sont très inégales. N'entendons-nous pas souvent établir, d'après les tables de mortalité, que, dans la ville de Paris, chaque homme vit tant d'années ; mais entre l'homme riche et insouciant de la Chaussée-d'Antin et le misérable ouvrier de la Cité, accablé de ladrerie, il y a la même inégalité en vitalité qu'en jouissances.

Enfin il y a des députés qui, sans s'inquiéter de la dépense effective, disent : Donnons un million par mois, c'est une somme ronde. En effet, pour la symétrie, cela va bien, un million ! mais les contribuables aimeraient autant les échancrures.

Et puis, c'est plus tôt fait ! ajoutent-ils.

Il est vrai que la France crève de superflu, et qu'elle est si pressée qu'on l'en décharge !

Les comparaisons avec la liste civile des autres chefs de nations, ne clochent pas moins que les équations de nos savans; car si je veux prendre pour l'un des termes de la comparaison le traitement du président des Etats-Unis, vite on me répond : Nous ne sommes pas dans une république.

Et si, à votre tour, vous prétendez comparer Louis-Philippe à Charles X, je vous réponds : Nous ne sommes pas dans une monarchie octroyée.

Toutefois, le lecteur va tirer avec moi des inductions curieuses et assez approximatives des documens que je vais mettre sous ses yeux, et qui sont relatifs aux listes civiles des présidens, des consuls, des empereurs et des rois.

Je ne parlerai pas du budget accordé à Louis XVI par le décret du 3 juin 1791. Ce budget avait moins pour objet de reconnaître et de constater la réalité des dépenses, que de servir à marquer la transition de la royauté absolue à la royauté constitutionnelle. Ce n'était pas, à proprement parler, un budget, mais une transaction, une espèce de rachat. Nous n'en sommes pas là heureusement : le peuple français fait ses conditions à la royauté, et ne les reçoit plus d'elle.

Il y a assurément moins de distance entre l'empire français et l'empire américain, malgré les espaces de l'immense Océan, qu'entre la liste civile de Louis-Philippe et la liste civile du président des Etats-Unis.

Car si la liste civile de Louis-Philippe, avec la dotation immobilière, l'apanage et accessoires, monte à près de 25 millions, Louis-Philippe sera, tout juste, deux cents fois plus riche que le président des Etats-Unis, qui n'a qu'un traitement de 125,000 fr.

Je ne crois pas, après cela, qu'on nous accuse d'une

tendance trop forte au républicanisme. Mais, d'un autre côté, il faut convenir que s'il n'y a rien de meilleur au monde qu'un roi, il n'y a rien non plus qui coûte plus cher.

Lorsque le héros de l'Italie prit les rênes du gouvernement consulaire, il recevait un traitement de 500,000 francs, et par conséquent il coûtait, diront nos profonds économistes, 1 c. 1/2 par tête d'habitant. Mais alors les Alpes abaissaient leurs cimes sous les pas de nos guerriers. Bonaparte gravait sur des tables d'airain les magnifiques prolégomènes du Code civil; il organisait, de sa main puissante, l'administration, les finances, la guerre et les lois. La France était libre, grande, forte, glorieuse, tranquille au-dedans, respectée au-dehors. Les peuples respiraient et les rois tremblaient. Aujourd'hui, les rois respirent et les peuples tremblent; aujourd'hui, nous entendons dire que la richesse fait la force. Bonaparte était-il faible? Non. Mais c'était un autre homme! j'en conviens.

Mais, repassons la mer, et jetons un coup d'œil sur la liste civile de l'aristocratique Angleterre :

LISTE CIVILE DU ROI D'ANGLETERRE (avril 1831).

Première classe.

Bourse du roi	1,500,000 f.
Dotation de la reine.	1,250,000

Deuxième classe.

Grand-chambellan	50,000
Vice-chambellan	17,500
A reporter	2,817,500 f.

Report........	2,817,500
Pages du tabouret................	37,500
Lords de la chambre...............	250,000
Musique....................	75,000
Capitaine des gardes	12,500
Quatre médecins	10,000
Deux chirurgiens	5,000
Bas-officiers et service d'emplois supprimés	953,100
Maître-d'hôtel.................	50,000
Trésorier de la couronne.........	12,500
Contrôleur	12,500
Secrétaire de l'hôtel	18,750
Bas-officiers id.	781,375
Grand-écuyer	62,500
Premiers éeuyers et commis	18,750
Quatre écuyers	60,000
Quatre pages d'honneur	20,000
Chirurgien vétérinaire	7,500
Ecuyers de la couronne	8,750
Bas-officiers id.	484,125
Grand-maître de la garde-robe	21,250

Troisième classe.

Mémoire des fournisseurs	4,287,500

Quatrième classe.

Fondations royales.............	212,500
Aumônes et charités	78,150
A reporter, ...	10,296,750

Report.	10,296,750
Pauvres de Londres.	25,000
Dépenses secrètes de l'intérieur	250,000
Cinquième classe.	
Pensions.	1,875,000
Total	12,446,750(1)

Chose curieuse! voilà une liste civile qui ne monte qu'à 12,446,750 francs, dans le pays le plus aristocratique de la terre, dans un pays où il y a des grands seigneurs qui ont plus de deux millions de rentes, dans un pays où il y a des fonctionnaires qui touchent plus de 1,800,000 fr. de traitement, dans un pays où la féodalité politique et nobilière entoure le trône de ses priviléges, de son faste et de ses exigences.

Maintenant, ôtez de la liste civile anglaise les traitemens féodaux des grand-chambellan, vice-chambellan, page du tabouret, lords de la chambre, grand-écuyer, grand-maître de l'hôtel et de la garde-robe et pages d'honneur; supprimez les dépenses de la vénerie, les offices anciens, les fonds secrets de la police, les pensions, les fondations royales, et la différence des prix des salaires et fournitures, et vous verrez que la liste civile du roi d'Angleterre, réduite aux proportions de ce qu'elle

(1) Je me suis trompé et M. de Montalivet a eu raison de relever mon erreur. J'avais pris le chiffre de la commission pour celui de la chambre qui est de 13,250,000 fr. Il faut toujours dire la vérité. Cette erreur, au surplus, se rectifie en mettant 8 millions au lieu de 7, et les proportions restent donc toujours les mêmes.

serait en France, ne monte pas au-dessus de 8 millions : et l'on nous en demande 14 pour un roi-bourgeois! Lecteurs, vous avez les chiffres sous les yeux, faites vous-mêmes le calcul.

Maintenant, rapprochons-nous de la France, et voyons ce qu'était la liste civile de l'empereur Napoléon. Je vais l'extraire d'un budget qui n'a jamais été publié, et sur lequel figurent les réductions tracées en 1815, de sa propre main, à l'encre rouge. On y verra que Napoléon avait l'âme trop haut placée pour faire de la liste civile une spéculation, ou, en termes de banque, une affaire de bourse.

LISTE CIVILE DE L'EMPEREUR NAPOLÉON.

Dépenses ordinaires en 1814.			Réductions faites par Napoléon lui-même en 1815.
Grand-aumônier	241,200 f.	—	99,100 f.
Grand-maréchal du palais	2,700,000	—	1,976,600
Grand-chambellan	2,478,440	—	1,835,942
Gouvernante des enfans de France	261,860	—	221,260
Grand-écuyer.	2,800,000	—	2,000,000
Vénerie	445,000	—	165,814
Grand-maître des cérém.	140,000	—	76,000
Intendant-général.	3,076,812	—	2,557,635
Trésorier-général.	267,500	—	214,400
Secrétairie d'état.	417,000	—	417,000
A reporter	12,827,812	—	9,563,751

Report.	12,827,812	— 9,563,751
Dépenses extraordinaires.		
Grand aumônier.	»	— »
Grand maréchal du palais.	120,000	— 60,000
Grand chambellan.	299,000	— 200,000
Gouvernante des enfans de France.	»	— »
Grand écuyer.	200,000	— »
Véuerie.	»	— »
Grand-maître des cérém.	»	— »
Intendant-général.	1,758,424	— 2,122,013
Trésorier-général.	12,000	— 22,300
Secrétaire d'état.	»	— »
Fonds extraordinaires des bâtimens.	3,700,000	— 1,671,766
Totaux. .	18,917,236f.	—13,639,830(1)

(1) De plus, Napoléon avait son domaine extraordinaire qui s'appliquait à d'autres dépenses. Voici quelques détails inédits et curieux des budgets de 1814 et 1815, et qui pourront servir de points de comparaison.

Entretien des bâtimens des Tuileries et des palais de l'Elysée, Saint-Cloud, Meudon, Versailles, Trianon, Rambouillet, Compiègne, Fontainebleau, Vessin, Bordeaux, Strasbourg, Mousseaux, le Clos Toustain, Pavillon de.	403,115 f.
Personnel.	206,000
Cuisine, office et bouche.	650,000
Blanchissage et entretien du linge.	70,000
Eclairage et chauffage.	300,000
Entretien de l'argenterie, de la porcelaine, des verreries, faïence et batteries de cuisine, et frais de transport et de voyage	60,000
Habillement et livrées de domestiques	100,000

Mais il faut retrancher du budget de 1815 :

1° Sur les dépenses des bâtimens, eaux et jardins, qui se compensent aujourd'hui et bien au-delà, avec les revenus en domaines et forêts. . . . . . . 3,324,000 f.

2° Sur la grande aumônerie.	49,000
3° Sur la maison militaire.	350,000
4° Sur le service de santé.	250,000
5° Sur le cabinet de l'empereur. . . .	200,000
6° Sur le grand chambellan, la vénerie les pages, les dames-d'honneur, gouvernantes et présens.	1,000,000
7° Sur l'intendance et le trésor	100,000
8° Sur le grand écuyer	1,200,000
9° Sur la secrétairie d'état	417,000
Total.	6,890,000

Dépenses imprévues	80,000
Maison militaire.	500,000
Bibliothèque.	19,000
Faculté.	277,000
Garde-robe.	20,000
Gages.	96,000
Habillemens de la garde-robe, valets.	26,000
Musique.	192,000
Théâtres, loges, billets.	200,000
Impératrice.	
Dames d'honneur, d'atours, du palais et chevalier d'honneur.	225,000
Garde-robe, toilette, et cassettes.	600,000
Femmes de chambre.	50,000
Imprévu.	20,000
Pour achat de diamans et bijoux de prix.	200,000
Pour une épaulette, une plaque et une croix de la légion d'honneur en diamans, destinée au roi de Rome	95,000

Otez cette somme du budget impérial de 1815, il restera 6,766,830 fr., et vous trouverez que Louis-Philippe, avec cette somme et son train de maison, sera aussi riche que Napoléon, sans compter l'usufruit des biens privés, les revenus de l'apanage et l'excédant de l'actif de la dotation sur le passif.

Il faut ajouter que Napoléon, naguère vainqueur de l'Europe, maître de ses trésors et empereur absolu, s'imposait durement les sacrifices de la mauvaise fortune, tandis que Louis-Philippe, porté sur les bras de la liberté, sort de la condition privée pour monter, en riant, sur le plus beau trône de l'univers, où viennent doucement le bercer les images grâcieuses d'une liste civile de quatorze millions, accompagnés de plusieurs autres.

On sait que la liste civile de Charles X a été votée de complaisance, sous l'empire d'un autre principe, et dans un autre ordre d'habitudes et d'idées; la voici :

Liste civile de Charles X (*budget de* 1830).

Un intendant-général........	100,000 f.
Grande aumônerie..........	693,000
Service de l'hôtel............	1,697,700
Gérant des châteaux.........	809,352
Matériel des châteaux........	1,143,930
Chambre.....................	1,248,500
Garde-robe..................	182,575
Faculté.....................	176,000
Grand-écuyer...............	2,399,607
Grand-maître des cérémonies.	114,330
A reporter......	8,564,994

Report......	8,504,994
Grand-veneur (1)............	690,061
Intendance générale........	438,170
Pensions (2)...............	4,500,000
A reporter......	14,193,225

(1) Cent dix personnes coûtaient 250,000 f.; en outre, il y avait des agens forestiers chargés des préparatifs pour les prises et destruction de la population *légitime et illégitime* des forêts, c'est-à-dire du gibier et des animaux nuisibles.

On avait employé pour dix *tirés*, 1,582 sous-officiers et soldats de la garde royale, à raison de 2 f. 50 c. pour les sergens, 2 f. pour les caporaux et 1 f. 50 c. pour les soldats.

La nourriture des jeunes faisans, outre les grains de toute espèce, a nécessité, en 1828, la livraison de 40 à 50 mille litres de vers blancs, et autant au moins de larves de fourmis. Pour échauffer les faisans dans les parquets où ils sont enfermés, on a fourni plus de 200 mille œufs de poule, 3 à 4 mille kilos de sucre, et un grand nombre de voitures de marc de raisin.

Quant aux piéges, bascules et assommoirs, la nomenclature des animaux nuisibles auxquels ils sont destinés, présente plus de trente espèces, tant *fourrés* qu'*implumés*. Des animaux domestiques, qui ne sont nuisibles que par exception, tels que les chats, au nombre de 12 à 15 mille, et 7 à 8 cents chiens, figurent dans ces espèces d'hécatombes, offertes plus particulièrement aux habitans des faisanderies.

Les primes acordées pour la destruction, varient depuis 25 cent. pour une pie, jusqu'à 2 fr. pour un vieux renard, 50 c. pour un chien et 1 fr. pour un chat.

(2) Le parlement anglais a ordonné l'impression de toutes les pensions de la liste civile, avec le nom des pensionnaires, la date de la constitution et la somme.

Report......	14,193,225 f.
Indemnités, grâces, secours..	1.334.970
Cassette du roi	900,000
Caisse des fonds part. du roi.	18,000
A reporter......	16,446,195 f.

Voici le relevé *inédit* des pensions de cour, inscrites sur la liste civile de Charles X (budjet de 1830), et qui excédaient 4,500,000 f.

Duchesse de Fleury...	6,000 f.	De Cotte (3 personnes)..	9,000 f.
— de Rohan...	3,000	De Durfort-Duras	6,000
— de Rohan-Chab.	4,500	De Belsunce.......	4,000
— de Laval...	6,000	Des Ecotiers........	3,000
— de Narbon.-Lara	3,000	De Goursac........	4,000
— de Narb.-Pelet!	18,000	De Fontenillès......	2,000
Marq. et C^ses de Bonchamp	4,000	De Mesnard........	3,000
— de Boursonne...	4,000	Idem..........	6,000
— d'Alvigny.....	3,000	De Peyrelongue	3,000
— de Mersseville...	3,500	De Vaudreuil.......	4,000
De Laroche-Lambert ..	2,000	De Gain.........	3,000
De Saisseval	3,000	De Goutaut	4,000
De Tourzel........	25,000	De Geslin.........	4,000
De Soucy.........	7,000	Du Roure.........	3,000
De Montmorin	3,000	De Pusignieux......	3,000
De Donnissens......	8 000	De Fuarnés........	3,000
De Laroche-Aymon...	6,000	De Poilvilain	6,000
De Champlot......	2.000	De Colbert.........	5,000
De Polignac.......	2,000	De Montesquiou.....	2,500
De Canillac........	3,000	De Cubières	3,000
De Marguerie......	3,000	De Montaignac......	2,000
De Raigecourt......	3,000	D'Ainnery.........	4.000
De Chabrillan......	2,000	De Gain-Montagnac ...	2,250
Du Bocage	3,000	Duchesse de Baufremont.	20,000
D'Ainnery........	4,000		

Le duc d'Esclignac recevait 12,000 f.; M. Fornier de Saint-Lary, 6,000 f.; la famille Cathélineau, quatorze pensions; le comte de Jobál. 6,000 f.; le duc de Maillé, 4,000 f.; l'abbé Le Duc, 20,000 f.; enfin, un pensionnaire avait eu l'adresse de tirer 90,000 f. pour rachat de sa pension de 4,500 f.

Report........	16,446,195 f.
Théâtres royaux...........	584,306
Traitemens divers...........	403,139
Archives de la couronne....	23,500
Acquisition d'immeubles....	150,000
Ordres du roi	24,000
Logemens de cour et suite..	59,000
Trésor..................	323,150
Bâtimens....	3,050,000
Forêts.................	1,200,000
Domaines...............	302,700
Mobilier de la couronne....	1,078,601
Bibliothèques.............	201,870
Présens.................	60,000
Dettes..................	70,000
Avances remboursables. ..	366,720
Maison militaire.	2,300,000
Dotation des princes et prin.	5,200,000
Direc. gén. des beaux arts.	150,950
Musées.	786,081
Monnaie et médailles. . .	406 900
Manufacture de Sèvres.. .	326,560
——— des Gobelins. . . .	288,083
——— de Beauvais. . . .	78,400
Théâtre royal de l'Op. Com.	600,000
Prévisions de crédits à reporter à divers services. .	110,510 f.
Total.	34,590,665 f.

Il n'y a peut-être pas un seul de ces services qui ne soit sujet à d'immenses réformations, et je n'ai pas besoin de les indiquer à la sagacité du lecteur. C'est ainsi, par exemple, que le service du grand-écuyer peut être réduit, on en conviendra; car je ne sache pas que la nation veuille donner à Louis-Philippe pour 2,399,607 fr. de chevaux. Il y a mille autres dépenses qu'on peut, ou tout-à-fait retrancher ou réduire presqu'à rien; telles sont celles du chapitre du grand-aumônier à 653.900 f.

— de la chambre.	800,000
— du service de l'hôtel (plus de moitié).	1,000,000
— du gouvern. des châ. et du matériel.	800,000
— de la garde-robe	150,000
— de la Faculté.	150,000
— du grand-écuyer et des pages.	1,800,000
— du grand-maître des cérém.	80,000
— du grand-veneur.	690,000
— des Pensions et indemnités.	5,834,000
— de l'intendance générale et du trésor.	461,000
— des théâtres royaux et de l'Op.-Com.	984,000
— des acquisitions d'immeubles, ordres du roi, logemens de cour et de suite.	223,000
— des forêts et domaines.	700,000
— du mob., des dettes et avanc. remb.	676,000
— de la maison militaire.	2,300,000
— de la dotation des princes.	5,200,000
— de la monnaie des médailles.	406,900
— des traitemens divers.	403,000
— de l'intendance-générale	60,000
Total des retranchemens sur les divers services.	23,371,800

Récapitulation.

Liste civile de Charles X.	34,571,568 fr.
Retranchemens.	23,281,800
Reste.	11,289,768 fr.

Ce n'est pas moi qui excuserai tant de services ruineux et tant de folles profusions; mais, il faut être juste, *Charles X* n'avait pas le vice le plus honteux dans un prince, l'avarice; le démon du gain ne possédait pas ses jours et ses nuits; il ne cherchait pas à faire de la liste civile, une bonne affaire. Il n'envoyait pas grossièrement injurier les députés qui, malgré son goût pour la censure, réclamaient, comme moi, le jury pour la presse; qui attaquaient l'hérédité de la pairie et ses dotations; qui flétrissaient les turpitudes électorales et qui votaient contre son budget; et lorsqu'il y a dix-sept ans je demandais, comme aujourd'hui, les assemblées primaires, et que j'allais, sous l'habit de garde national volontaire, défendre mon pays contre l'invasion des étrangers, je ne m'attendais pas qu'un jour on viendrait, de la part de quelque personnage que ce puisse être, me prier de solder l'arriéré de mon patriotisme. Mon compte est facile à établir. Mais il y en a un qui l'est moins, c'est de nous dire ce qu'on a fait jusqu'ici pour notre gloire, pour notre bien-être et nos libertés. Quand nous soldera-t-on l'arriéré de ce compte-là?

Je reprends :

Ces 23 millions, retranchés de la liste civile de Charles X, ne laisseraient plus que 11,295,768 fr.; mais il y a encore à déduire de cette dernière somme 3,852,700 f., qui forme le passif de la dotation de la couronne, et qu'il faut extraire de la liste civile, pour la reporter sur l'actif de cette dotation, qui la compense et l'absorbe; en sorte que le chiffre net restant serait de 7,443,068 fr.

C'est un rapprochement curieux et qui n'échappera pas à la sagacité du public, que les listes civiles du roi d'Angleterre, de Napoléon et de Charles X, réduites aux dimensions de notre royauté bourgeoise, tournent approximativement autour de 7 à 8 millions tout au plus.

Les courtisans vont se récrier, et ils diront que c'est folie de ne pas monter ses prétentions plus haut; et, en effet, les agens de la couronne qui gardent cette fois-ci, par ordre, un silence prudent, avaient eu, l'an dernier, la gracieuseté de nous communiquer un état des dépenses présumées de S. M. le roi Louis-Philippe, où figurent, en toutes lettres, la somme de dix-huit millions, avec un peu plus.

Ce précieux état pourra donner une idée des besoins de la royauté citoyenne. C'est une pièce historique à l'usage des mœurs du temps.

Budget des dépenses présumées de S. M. le roi Louis-Philippe.

Dépenses personnelles.	160,000 fr.
Cassette.	300.000
Cabinet.	60,000
Bibliothèque, souscriptions. . . .	250,000
Dépenses personnelles et bienfaits.	1,000,000
Aides-de-camp du roi.	360,000
Dépenses de la chambre	230,000
Chambre, chapelle, traitemens. .	40,000
Musique, loges aux théâtres, représentations à bénéfice.	300,000
A reporter.	2,700,000

Report....	2,700,000
Gages................	650,000
Habillement et livrée........	200,000
Lingerie et blanchissage......	100,000
Chauffage................	250,000
Eclairage...............	370,000
Bouche et office..........	750,000
Cave...................	180,000
Ecurie, 300 chevaux........	900,000
Haras de Meudon..........	120,000
Intendance-générale........	480,000
Archives de la couronne......	25,500
Trésor................	320,000
Caisse de vétérance........	860,000
Secours et pensions.........	1,500,000
Mobilier personnel..........	1,200,000
Manufacture de Sèvres.......	226,000
Manufacture des Gobelins......	288,000
Manufacture de Beauvais......	78,000
Beaux-arts et musées........	450,000
Objets d'arts.............	500,000
Monnaie des médailles........	406,000
Forêts et domaines.........	1,100,000
Bâtimens, personnel et matériel..	3,050,000
Service de santé..........	80,000
Frais de voyage..........	1,000,000
Fêtes et cérémonies........	400,000
Présens................	150,000
Fonds de réserve pour tous les serv.	200,000
Total.	18,533,500 fr

Ce tableau, communiqué par les agens de la couronne, et dont je certifie l'authenticité, fait naître mille réflexions. J'en serai sobre. J'aime mieux que le public commente, article par article, cet inconcevable projet. 18,533,500 fr., voilà la pensée intime! Ajoutez à ce chiffre les 8 millions de la dotation, de l'apanage et de l'usufruit, et vous aurez 26,533,500 fr. Le voilà rempli, ce chiffre qu'on laisse aujourd'hui en blanc, avec un abandon si français, avec un désintéressement si rare!

850,000 fr. pour les gages et livrées! c'est 850 valets à 1,000 fr. pièce. Quel luxe oriental!

620,000 f. pour chauffage et éclairage! c'est 320,000 f. de plus que l'empereur Napoléon.

Un million pour vos somptueuses écuries! Eh! vous avez à cinq cents pas de votre porte, des milliers de créatures humaines qui n'ont pas pour se coucher la paille de vos chevaux!

800,000 fr. pour frais d'administration! On voit bien que ce projet a été manié par les bureaux. C'est plus que sous Charles X. Carnot ne demandait pas tant pour correspondre avec quatorze armées et pour organiser la victoire.

Un million pour frais de voyage! et notez bien que les ministres accompagnent! Mais il n'y aura pas tous les ans des élections; et puis, si l'on ne voyageait pas, que deviendrait le million?

Il n'y a pas un seul article sous lequel on n'aperçoive de caché quelque bénéfice de thésaurisation.

Je n'achève pas : le dégoût me prend, et la plume me tombe des mains.

C'est sur cette pièce, beaucoup trop curieuse, que la première commission de la liste civile, dont la majorité assurément n'était pas hostile au ministère, avait dressé son travail (1).

M. de Rémusat, habile et consciencieux rapporteur de la commission, après les investigations les plus exactes et à la suite de plusieurs conférences, rédigea avec netteté le projet suivant, qui fut provisoirement adopté, article par article.

Budget des dépenses et recettes de la liste civile, dressé par la commission de 1830.

SERVICE PERSONNEL.

Dépenses personnelles. —	Personnel,	15,000 f.	
	Habillement,	35,000	
		50,000	— 50,000
Cassette. — Secours, bienfaits de la reine,			1,500,000
Cabinet,			50,000
Bibliothèque,			200,000
Service de la reine,			500,000
Service militaire, aides-de-camp,			150,000
Service de la chambre —	Dépenses de la chambre,	150,000	
	Chapelle,	40,000	
	Musique et loges,	300,000	
		490,000	— 490,000
Service de la maison. —	Gages,	650,000	
	Livrée,	200,000	
	Lingerie et blanchissage,	160,000	
	Chauffage,	200,000	
	Eclairage,	250,000	
	Bouche et office,	500,000	
	Cave,	150,000	
		2,110,000	— 2,110,000
	A reporter		5,050,000

(1) Les membres de cette commission étaient MM. Duvergier

Report..			5,050.000 f.
Service des écuries.—Ecuries,	880,000		
Haras,	120,000		
	1,000,000	—	1,000,000
Service de l'intendance.—Intendance,	350,000		
Trésor,	150,000		
Archives,	23,000		
	523,000	—	523,000
Caisse de vétérance,			500,000
Service du garde-meuble.—Garde-meuble.	1,000,000		
Fêtes,	300,000		
	1.300,000	—	1,300,000
Service des beaux-arts.—Personnel, musées;	100.000		
Entretien,	100,000		
Extraordinaire,	400,000		
	600,000	—	600,000
Service des domaines et bâtimens.—Domaines,	1,000,000		
Bâtimens,	2,200,000		
	3,200,000	—	3,200,000
Facultés,			800,000
Dépenses extraordinaires,			1,000,000
Total,			13,973,000

RECETTES.

Produit des domaines,	3,205,000		
Apanage (1829),	2,523,000		
Biens d'Orléans,	1,795,000		
	7,523,000	—	7,523,000
Excédant des dépenses,			6,450,000 f.

de Hauranne, Duchâtel, Anisson-Duperron, Etienne, Jacques Lefèbvre, Génin, Rémusat, Thouvenel et Cormenin.

J'ai plusieurs remarques à faire sur ce projet.

Il donnait trop au roi et à la reine; car, en supposant que leurs charités montent à 2.000 fr. par jour (on dit 1,400), ce ne serait que 730,000 fr. par an, ils auront encore 1,320,000 fr. pour leurs fantaisies et menus plaisirs, indépendamment d'un million pour voyages et dépenses extraordinaires. Il semble donc qu'il serait largement pourvu à toutes ces dépenses, à peu près de pur luxe, avec deux millions.

Reste ci	320,000 fr.
800,000 fr. de chevaux et voitures, au lieu d'un million, et c'est trop, reste. . .	200,000
550,000 fr. pour les gages et la livrée, au lieu de 850,000 fr., reste.	300,000
Le chauffage et l'éclairage peuvent se réduire à ce qu'ils coûtaient sous Napoléon, c'est-à-dire à 300,000 fr., bénéfice. .	150,000
L'intendance et le trésor, avec des réductions d'emplois et d'employés, plus de pensions à payer à 12,000 titulaires, plus de maison militaire, plus de milliers de hauts et bas officiers à salarier et à enregistrer, plus d'aumônerie, de vénerie et de théâtres, plus de bâtimens en ruines à réparer et à louer, et moins de fournitures à recevoir et à décompter, doivent largement faire leur service avec 300,000 fr. Bénéfice	200,000
Le Garde-Meuble, qui n'aura plus à héberger un monde de courtisans, et qui	
A reporter. . . .	1,170,000

Report........	1,170,000
a des piles de tapis, de soieries et d'étoffes brochées, entassées sans emploi dans ses vastes dépôts, peut être réduit de.....	300,000
La faculté peut être réduite à 40,000 f., au lieu de 80,000 fr., puisqu'elle ne coûte au roi d'Angleterre que 15,000 fr., ci . .	40,000
Enfin la caisse de véterance, qui ne sera plus à la charge du roi, ci.	500,000
Total.........	2,010,000 fr.

Il est vrai que le projet ne laissait pas à la charge du roi, les Gobelins et Beauvais; mais, d'un autre côté, il retranchait de l'actif la forêt de Rambouillet. Ainsi le chiffre des réductions, toutes raisonnables, et que le lecteur peut faire lui-même, monterait à 2 millions, lesquels, ôtés de 13,253,500 fr. de dépenses, ne laisseraient plus que 11,253,500 fr.; par conséquent, en fixant l'actif de la dotation, de l'apanage et de l'usufruit, à 7,523,000 fr., tel qu'il est établi dans le projet ci-dessus, il resterait à payer, par le trésor, une somme de 3,730,500 fr.

Ainsi, la commission de 1830, composée de députés nommés sous le régime des cent écus et du double vote, et dans laquelle on ne comptait que deux membres de l'opposition, M. Thouvenel et moi, n'accordait que 5,701,500 fr. de liste civile *proprement dite;* et la commission de 1831, composée de députés nommés depuis la révolution de juillet par les électeurs de 200 fr., propose d'allouer au roi-citoyen une liste civile *proprement dite* de 14 millions! Comment expliquer cette surprenante contradiction? par les inspirations rétrogrades du ministère.

La commission actuelle a fait sonner bien haut le retranchement des maisons et bâtimens dont le tableau figure à la suite de son rapport; mais c'est tout bénéfice pour la liste civile; car, de ces bâtimens, les uns tombaient en ruine, les autres doivent être abattus; ceux-ci étaient occupés par des employés ou des services supprimés; ceux-là étaient, non pas loués, mais prêtés à des courtisans; plusieurs étaient tenus à rente emphytéotique, et quelques-uns à bail simple, mais sans paiement. Moins d'embarras, moins d'administration et moins d'entretien. C'est tout produit. Et lorsqu'on se décharge, on nous dit qu'on se dépouille. Dérision !

Il est de même des fermes et des forêts.

Les fermes, à mesure que les baux seront renouvelés, rapporteront un tiers de plus, parce qu'elles ne sont plus exposées aux ravages des bêtes fauves.

Les forêts! qui sait au juste leur revenu? A-t-on tout porté sur les registres? (1)

---

(1) Les forêts qu'on propose d'affecter à la dotation de la couronne, comprennent :

1° Les bois de l'ancienne dotation qui sont de	62,600 h.
2° Ceux de l'ancien apanage d'Orléans de	58,790 h.
Au total	121,390 h.

96,390 hectares environ sont exploités en taillis sous futaies, 25,000 sont en futaie pleine, ce qui constitue, à l'égard de la futaie, un matériel immense susceptible d'être réalisé en dix ans, et de fournir un capital de 80 millions, sans altérer les revenus ordinaires, parce qu'on peut reprendre cette réserve au moyen de la conversion de futaies en taillis.

En Angleterre, terre classique du positif, on ferait une enquête. En France, on croit tout sur parole. En effet, le pouvoir ne dit jamais que la vérité! La question préalable salue toujours les propositions d'enquête, d'impression, de communication et de dépôt. On aime mieux ne rien voir, se dépêcher, se faire attraper et grever la nation. O le pays ruineux pour les contribuables! O le bon pays pour le pouvoir!

Revenant à nos forêts, je ferai observer que la dépense de l'aplanissement des routes pour les chasses à

Enfin aux 121,390 hectares des bois de la Couronne, ci 121,390 h.
il faut encore ajouter ceux que le roi possédait comme propriété privée lorsqu'il était duc d'Orléans, et dont il s'est réservé l'usufruit. Ces bois sont d'une étendue de 41 à 45 mille hectares, ci 41,000 h.

En sorte que le total des bois est de 162,390 h.
Auxquels on ne peut pas donner une valeur moindre de deux mille francs l'hectare en fonds et superficie, puisqu'il y a 25 mille hectares de futaies, et que la plus grande partie du surplus est en hauts taillis de 30 à 40 ans, ce qui donne un capital de trois cent vingt-quatre millions.

Les bois des particuliers, qui sont moins beaux que ceux de la Couronne, sont d'un produit de 25 fr. l'arpent, ou 50 fr. l'hectare. D'où il résulte que pour les 162,390 hectares le revenu annuel serait de 8 millions 119,500 fr., non compris les 25,000 hectares de futaies qui offrent une valeur réalisable de plus de 80 millions.

La lieue carrée de 4,000 mètres (lieue de poste), contient seize cents hectares. En sorte que les forêts provenant de l'ancienne dotation de la couronne qui sont de 62,000 h.
Celles du domaine privé du roi qui sont de 41,000 h.
Celles de l'apanage d'Orléans, de 58,000 h.
Et celles des membres de la famille d'Orléans qui sont de 80,000 h.

Au total 241,000 h.
Couvrent 151 lieues carrées.

courre était reportée au passif des forêts ; qu'il faut déduire de ce passif pour entreillagemens de la grosse et petite bête, 100,000 fr.; plus pour frais de vénerie dépendant de ce chapitre, 80,000 fr. ; plus sur le personnel, 10,000 fr., attendu que nous avons affaire à un prince très-économe, qui d'un trait de plume a, dit-on, mis les traitemens des conservateurs de 9,000 fr. à 4,000. Puissent ses ministres en faire autant pour tous les chefs d'emploi qui figurent au budget de l'état !

S'il fallait remettre droit tout ce qui cloche dans ce rapport, je n'en finirais pas ; mais laissons ces détails. J'aime mieux me hâter de rendre hommage à la prodigieuse force de dialectique que la commission a déployée dans l'attaque et la solution des questions vitales de la loi. En effet, elle a commencé par établir, le plus savamment du monde, que l'usufruit des biens privés était réuni au domaine de l'état. Voilà ses prémices. Vous croyez peut-être, après cela, qu'elle en a conclu que l'usufruit restera à l'état ? Point du tout. La commission place cet usufruit dans le domaine privé qui appartient au roi. . . . .

Puis, redoublant la conséquence, après avoir démontré que l'apanage est pareillement réuni au domaine de l'état, elle met cet apanage dans le domaine de la couronne, qui appartiendra aussi au roi.

N'admirez-vous pas la rectitude de cette double conclusion ?

Vous vous imaginez du moins que la commission va précompter sur le montant de la liste civile, la valeur de l'usufruit et de l'apanage ? Nullement. A la vérité, cette valeur est le bien de l'état. Mais, voyez-vous, il convient mieux que le roi jouisse à-la-fois de l'usufruit et de l'apanage, sans en tenir aucun compte, quoiqu'il y eût compte à faire, et comme de sa chose, quoique ce soit celle de la nation.

Ah ! c'est vrai. la distinction ! En sorte, n'est-ce pas, que la nation aura tout gagné en droit, et tout perdu en fait ?

Précisément.

Ce que c'est que d'être logicien !

Après avoir étudié sous toutes ses faces le budget comparé des dépenses, voyons le budget des recettes.

Voici le résultat des recettes de 1830, pour la dotation de la couronne :

Produits ordinaires et extraordinaires en bois, rentes, locations, concessions, maisons, vente de matériaux, etc.	3,821,092 f. 48 c.
Plus vente de livrets, plâtres et estampes au public.	15,000
Plus vente au public des porcelaines.	30 000
	3,866,092 48

Il faut calculer, en outre, les produits des manufactures de Sèvres, des Gobelins et de Beauvais, donnés en présent ou livrés à divers services de la maison du roi. C'est évaluer au plus bas taux la conversion de ces objets en argent, que de les porter à 300,000 francs. On ne peut comprendre, en effet, au nombre des charges, l'entretien des ouvriers et des artistes, la réparation des bâtimens, l'achat des matières premières et les frais d'administration, sans calculer par compensation le produit approximatif de ces choses-là (1).

Ce sera donc 4,156,092 fr pour le revenu de la dotation de la couronne, et il ne faut pas dire que nous prenons le revenu de 1830. Car on nous répète sans cesse que Charles X était un prince ignorant et dissipateur, tandis que Louis-Philippe est un prince intelligent et économe ; donc ce n'est rien exagérer que de prendre, pour point de départ, le chiffre de Charles X.

Quant au revenu de l'apanage d'Orléans, quel est-il ? Il faut croire ici sur la parole du maître ; mais encore faut-il que cette parole parle. Or, point d'état imprimé et soumis aux chambres. Les uns disent 3 millions, les autres 2 millions 559,912 fr. Prenons le dernier chiffre, il conviendra mieux au ministère ; c'est le moindre. Baissons la recette, enflons la dépense. Vérité dans la Charte, vérité dans les rapports des commissions, vérité dans les allégations des ministres, vérité dans la liste civile, vérité partout.

Puis, quand nous aurons admis le chiffre de 2 millions 559,912 fr., nous aurons soin d'en rabattre 335,678 fr. pour l'impôt ; car il faut savoir que l'apanage payait

---

(1) La dépense des Gobelins s'est élevé, en 1791, à 163,927 fr.
en 1790, à 144,168
en 1789, à 143,242
en 1830, à 288,083

Dont 116,000 pour la savonnerie, réunie aux Gobelins.

Dans le rapport fait par le ministre Roland à la convention nationale, le 6 janvier 1793, on lit que la manufacture de Sèvres coûtait 350,000 fr., et produisait 282,000 fr. La dépense réelle n'était donc que de 68,000 fr.

l'impôt, attendu que les biens de la couronne en étaient seuls exempts. Ainsi, au lieu de 2,227,234 fr. que touchait net le prince apanagiste, le roi touchera 2,559,912 francs.

Exemption d'impôts, accroissement de jouissance. Voilà qui adoucit singulièrement l'amertume des sacrifices. 335.678 fr. de plus font passer par dessus les tribulations de la réunion, surtout lorsque, par la précaution ingénieuse de la commission, les 2 millions 559,912 fr., de l'apanage qui appartient à l'état, ne seront pas précomptés sur le chiffre de la liste civile. A quelles immolations ne doit-on pas se résigner lorsqu'on est roi !

Il est vrai que par compensation de ce que l'on ôte à l'Etat, on donnera au prince royal un million; et ici veuillez remarquer combien la commission a ménagé, avec une sollicitude paternelle, les intérêts des contribuables. Le ministère avait proposé d'accorder l'apanage au duc d'Orléans, mais la commission en fait cadeau au père, *à l'hôte de la Nation*, et, par dédommagement, elle alloue au fils un million; en sorte que la nation paiera 3 millions 559,912 fr. au lieu de 2 millions 559,912 fr. C'est une manière comme une autre d'être plus ministériel que le ministère lui-même, et c'est dans ces heureuses dispositions qu'on va jeter sur la tribune les dés de la liste civile. Pauvres contribuables, la veine n'est pas pour vous !

Encore un léger scrupule. Vous allez donner 1 million à un jeune homme de vingt ans, qui sort du collége, et qui n'est pas encore roi. Combien donniez-vous au génie le plus extraordinaire des temps modernes, à ce consul de la république qui pressait déjà les rois dans sa main ? 500,000 fr. Le duc d'Orléans vaudrait-il deux fois plus que Napoléon ? Aidez-moi donc, car je ne puis pas bien saisir la raison de la différence. Qu'a-t-on pris pour terme de comparaison ? Est-ce la capacité ? est-ce la puissance ? Quoi ?

Ah ! j'oubliais qu'il y a une petite forêt d'Orléans dont l'Etat jouit, qui rapporte 4.7000 f. et qu'on annexe à l'apanage, apparemment parce qu'il n'y en a pas assez comme cela, et que quand on fait les choses, il faut les faire *magnifiquement*, selon la belle expression du rapporteur. Va donc pour 47,000 f. de rente, par addition !

Quant à l'usufruit des biens privés, la commission ne le mentionne que pour mémoire. Encore un cadeau ! Est-ce parce que l'année 1832 commence et que les petits présens entretiennent l'amitié ? Moi, qui ne suis pas donneur de l'argent des autres, je précompterai cette bagatelle de 1,795,000 fr. de rente, et j'établirai le budget de Louis-Philippe en recettes, de la manière suivante, et au plus juste prix :

Budget approximatif des recettes de Louis-Philippe.

Revenus de la dotation de la couronne.	4,156,092 fr.
Revenus de l'apanage d'Orléans.	2,559,912
Usufruit des biens privés.	1,795,000
Dotation du prince royal.	1,000,000
Liste civile.	14,000,000
	23,511,004 fr.
Otez-en. . . .	11,213,500 fr.
Excédant de la recette sur la dépense. .	12,297,504 fr.

Je ne sais pas comment s'arrangent les rois féodaux qui trônent dans les autres pays de l'Europe, ni ce qu'il leur reste à la fin de l'année, mais je ne crois pas qu'il y en ait un seul qui pourra se vanter de faire d'aussi solides économies que notre roi bourgeois.

Toutefois, il me semble que si j'avais eu l'honneur d'être appelé à le conseiller dans une occasion aussi solennelle, qui ne s'offre qu'une seule fois pendant la vie d'un monarque français, je lui aurais tenu ce langage :

« Songez, Sire, à cette gloire si rare et si pure d'un citoyen appelé comme vous au gouvernement de son pays, assez désintéressé pour ne rien demander, assez riche pour ne rien coûter au peuple. Vous le savez, Sire, votre fortune personnelle est immense. Vous possédiez avant de monter sur le trône, si je ne me trompe,

En biens privés.........	41,000 hect. de bois.
En apanage.............	56,000 (1)
La reine votre épouse...	2,800
Vos enfans.............	314
La princesse votre sœur.	28,800
Le duc d'Aumale (s'il gagne son procès).	50,000
	178,914 hectares.

Ces bois produisent annuellement, dit-on, savoir :

Au profit du roi (biens privés).	1,720,000 f.
——————— (apanage).....	2,500,000 (2)
—— de la reine..............	130,000
A reporter.....	4,350,000

(1) Plus, la petite forêt d'Orléans qui est de 3647 arpens.

(2) C'est le chiffre du revenu déclaré sans justification; car le chiffre

	Report........	4,350,000 f.
——	des princes et princesses.	23,000
——	de Mme Adélaïde.......	1,120,000
——	du duc d'Aumale.......	2,000,000
		7,493,000

réel s'élève beaucoup plus haut, et se compose ainsi qu'il suit :

Propriétés dont se composent aujourd'hui l'apanage d'Orléans.

Biens constitués en apanage par l'acte de 1661.

Forêt d'Orléans, taillis sous futaie.............	24,000	hect. d'un rev. de	900,000 f.
Forêt de Montargis, demi-futaie.............	4,100	id.	180,000
Francs bois, taillis sous futaie	200	id.	1,000
Buisson de Briou, taillis sous futaie...........	540	id.	30,000
Par l'acte de 1672 :			
Forêt de Bruadam, futaie...	2,100	id.	60,000
Forêt de Dourdan.........	1,500	id.	120,000
Forêt de Villers-Coteret, et autres petits bois; futaie....	12,900	id.	1,000,000
Les forêts de Toucy-Folambray, et autres bois.........	3,600	id.	350,000
Forêt de St.-Gobin et autres buissons..........	2,880	id.	100,000
Forêt de la Ferre et de Marle.	1,300	id.	60,000
Forêt de l'Aigle........	3,590	id.	200,000
A quoi on propose d'ajouter la petite forêt d'Orleans, de	1,850	id.	45,000
Total en forêt....	58,560	hectares	3,046,000 f.

Par l'acte de 1692 :

Le palais cardinal, aujourd'hui connu sous dénomination de Palais-Royal...

Diverses actions sur le canal de l'Ourcq, d'un revenu de..

» Il suit, de ce petit aperçu, que votre auguste famille, Sire, est patrimonialement la mieux rentée en forêts de toutes les familles princières de l'Europe.

» Je me permettrai aussi de vous rappeler que le duc d'Aumale, n'étant âgé que de dix ans, vous jouirez de ses deux millions de revenus (toujours s'il gagne son procès), aux termes de l'article 384 du Code civil, jusqu'à ce qu'il ait atteint dix-huit ans accomplis, c'est-à-dire pendant huit ans et seize jours.

» Je ne sais pas si, indépendamment de vos immeubles qui sont au soleil, et qui, par conséquent, peuvent se reconnaître et s'apprécier, vous auriez de riches capitaux placés sur l'état, ou sur des particuliers, ou sur des banques plus ou moins éloignées. Ma respectueuse discrétion m'interdit à cet égard toute recherche et toute demande.

» Sire, vous avez la simplicité d'un philosophe et les mœurs d'un honnête homme; qu'avez-vous besoin de tant de richesses? que vous servira-t-il d'ajouter 128.707 arpens de bois à 356,000 que votre maison possède déjà? L'ornement de votre trône, n'est-ce pas la vertu de la reine? Vos perles et vos diamans, n'est-ce pas votre jeune et charmante famille? Les douceurs de la vie domestique, ne les regrettez-vous plus? L'amour des Français soulagés ne rira-t-il pas mieux à vos regards que la pompe, l'étiquette et les futiles cérémonies de vos fêtes théâtrales?

» Ah! Sire, lorsque pauvre et fugitif, vous alliez étudier la liberté sur les rivages de l'Amérique, ou que dans les vallées de la Suisse, vous honoriez votre proscription par la dure patience du travail, vous ne vous doutiez pas quun jour des flatteurs, peste des cours, vous proposeraient de ne pas vous contenter, sur un trône populaire, de cinq à six millions de rentes. Repoussez les perfides conseils de ces hommes qui n'aiment point le peuple, et qui ne vous aiment pas. Faites déclarer par les chambres que vos biens privés, ainsi que l'apanage dont vous avez prescrit la propriété par 160 ans de possession, vous appartiendront sans retour. Gardez ce Palais-Royal, que vous avez embelli pour l'agrément du public et pour votre profit. Ne demandez pour vous qu'un autre palais d'hiver avec une résidence d'été; mais demandez pour la reine 1,500,000 fr. que nous vous accorderons avec joie, pour qu'elle les répande en bienfaits, et se fasse aimer et bénir encore davantage; car il n'y a que les femmes qui savent, sans la dégrader, soulager l'infortune. Voilà, sire, votre liste civile.

» Laissez à la nation ces 14 millions d'argent qui, ajoutés à tant d'autres, épuiseraient ses forces et sa substance; ces vastes palais qui ne doivent être pleins que de sa grandeur; ces bibliothèques et ces musées qui sont les nobles plaisirs de son goût et de son intelligence; ces bandeaux de diamans et ces couronnes de perles orientales qui ne siéent qu'à la beauté de cette reine majestueuse.

» Pour vous, tirez votre éclat de votre modestie, votre gloire de sa puissance, et votre force de sa liberté.

» Sire, si cette fatalité qui pousse et renverse les rois les uns sur les autres, et qui les traîne par les mêmes chemins aux mêmes abîmes, s'attachait un jour à vos pas; si l'un de ces coups de tonnerre qui éclatent dans la sombre nuée des tempêtes politiques, vous précipitait du trône, il serait beau pour vous d'en descendre comme vous y êtes monté, sans avoir rien coûté à votre pays!

RÉPONSE

A M. DE SCHONEN.

Je n'étais pas présent hier au commencement de la séance, lorsque, dans son résumé, M. de Schonen m'a fait l'honneur de s'occuper de moi.

J'ai deux mots à lui répondre devant le public, personnage à mes yeux au-dessus de la chambre, comme la presse est au-dessus de la tribune.

Je ne sais si le rapporteur a voulu faire allusion à mes honorables amis et à moi, en parlant de la vivacité des attaques de l'opposition.

C'est, selon moi, une erreur très-grande de vouloir que, parce qu'on a passé dans le camp ministériel, il faille que les amis de la liberté oublient votre conduite présente, pour ne se rappeler que vos services antérieurs.

L'ingratitude du peuple ne ressemble en rien à l'ingratitude des particuliers. Le peuple, qui ne vit pas de souvenirs et dans le passé, n'est sensible qu'à ce qui lui nuit ou à ce qui lui sert dans le présent, et il a parfaitement raison. Que signifient donc toutes ces lamentables plaintes des anciens membres de l'opposition?

Servez-vous aujourd'hui ou ne servez-vous pas la cause de la liberté ? avez-vous compris la révolution de juillet ? en tirez-vous, le pouvant, toutes les conséquences ? en un mot, marchez-vous en avant ou retournez-vous sur vos pas ? Voilà la question ; il n'y en a pas d'autre.

On ne peut guère servir à la fois deux maîtres : le pouvoir et la liberté ; être à la fois *citoyen* et *sujet* ; recueillir à la fois les honneurs de la popularité et les bénéfices de la trésorerie ; et lorsqu'il y a dans un pays deux partis politiques qui se combattent, on ne peut recevoir les félicitations de l'un sans s'exposer aux attaques de l'autre. Il ne faut pas pour cela crier à l'ingratitude ; car vous m'abandonnez, je vous abandonne ; vous me servez, je vous applaudis. Prenons donc les choses telles que les choses existent, et non telles que notre passion les colore, ou que nos souvenirs les refont.

Ceci ne s'applique nullement à l'honorable M. de Schonen, dont j'aime la personne, mais à ses doctrines, qui sont sans vérité, sans logique et sans but.

Pour moi, depuis que je suis homme politique, je crois avoir servi la liberté autant que qui que ce soit. Eh bien ! si demain j'avais le malheur de déserter cette cause sacrée, j'adjure les patriotes de ne me tenir aucun compte de mes services passés. C'est leur devoir ; et si mes amis politiques changeaient d'opinion, j'ôterais ma main de la leur, et je les combattrais, ne les reconnaissant plus.

Je reviens à un reproche personnel que m'adresse M. de Schonen.

J'aurais publié les chiffres du budget de la liste civile ! cela est vrai, et si cela étonne M. de Schonen, je m'étonne encore bien plus qu'il ne me félicite pas d'avoir exposé ces chiffres à la publicité. Plût à Dieu que les commissions de la chambre travaillassent dans des maisons de verre, sous les yeux de leurs concitoyens!

Je n'adresserai qu'une seule question à M. de Schonen : faisons-nous nos affaires ou celles de la nation? Répondez?

Quant au *fruit de mes savans travaux* dont M. de Schonen aurait voulu que je fisse part à la commission, il me semble qu'elle pouvait tout aussi bien s'en faire part à elle-même, car j'ai pris tous les documens que j'ai publiés (comme c'était pour moi un *devoir* et un *droit*) sur la table de la commission où ils sont restés déposés pendant trois mois.

M. de Schonen voudrait-il parler de mes argumens? Il sait bien l'opiniâtre résistance avec laquelle j'ai combattu les inconcevables chiffres de douze et quatorze millions de liste civile, ainsi que la proscription, selon moi, anti-française, anti-nationale, lancée contre les beaux-arts, qu'on arrache à la tendresse maternelle et éclairée de la nation, pour les faire cingler par la férule d'un courtisan.

M. de Schonen dit que dans la commission les *uns* sont arrivés à 12,500,000 fr., les autres à 14,000,000 fr. Comme on pourrait induire de ces mots que je suis compris parmi ces *uns-là*, je proteste de toutes mes forces et devant le pays, contre cette interprétation. M de Schonen voudra bien me permettre d'être un peu plus avare que cela de l'argent des contribuables. Qu'il veuille bien se donner la peine de lire la fin de ma dernière lettre, il verra en quoi je fais consister la liste civile.

Quoi! vous exaltez la simplicité du roi-citoyen, et vous lui donnez plus de châteaux qu'à Louis XIV! Vous lui laissez le revenu immense de la dotation, de l'apanage et de l'usufruit, et vous ne le précomptez pas sur le chiffre de la liste civile! Vous voulez soulager les pauvres, et vous les appauvrissez! Vous voulez favoriser les arts, et vous les déshéritez! Vous voulez du luxe, et vous ne voulez pas d'une cour! Vous ne voulez pas d'une cour, et vous voulez quatorze millions! Qu'en fera-t-on? Je sais bien ce qu'on en fera, et je pourrais le dire: et vous?

N'est-ce pas pitié de voir les représentans d'une grande nation s'interpeller entre eux : Combien donnerons-nous au roi? Moi, six millions. Et vous? huit. Et vous? douze. Un moment, messieurs! vous savez donc ce que dépensera le roi, et vous avez eu sous les yeux un tableau des services de sa maison en détail, en bloc, du moins? Nous, point du tout. Ah! vous ne connaissez pas la dépense, et cependant vous votez l'argent! mais pourquoi donneriez-vous donc six plutôt que quatorze, ou douze plutôt que huit? Vous ne répondez pas à cette petite objection? C'est qu'en effet il n'y a rien à répondre. N'est-ce pas absolument comme si l'on disait en pleine nuit : me voyez-vous? Non! Pour que je vous voie, apportez donc de la lumière. Et vous, agens de la couronne, pour que nous voyons clair dans le chiffre de la liste civile, apportez-nous donc les registres de vos dépenses *actuelles*. Que nous sachions ce que coûte à faire aux Tuileries le métier de roi. C'est là la pièce essentielle, la pièce capitale, la seule que je vous demande; et quant à moi, je déclare que si on ne me la met pas sous les yeux, je m'abstiendrai, ne voulant pas, que dis-je! ne pouvant pas voter en aveugle, et n'ayant pas été envoyé pour cela par mes commettans.

Vous dites que ceci n'est pas nécessaire, que ces détails-là sentent le bas bourgeois, que cette odeur de cuisine vous donne des nausées, qu'il est plus monarchique de fermer les yeux à la lumière pour n'y rien voir, qu'il est infiniment plus constitutionnel de voter des dépenses qu'on n'a pu vérifier, qu'on ne connaît pas, qu'on ne comprend pas, que vous en savez là-dessus plus long que nous et que toute la France, et que vous avez foi dans vos calculs.

Et moi, j'ai foi dans l'avenir.

Voici le détail curieux des 1,200,000 fr. que coûtaient les forêts de la couronne en 1830.

PERSONNEL.

2	inspecteurs généraux à . . .	10,000 f.	20,000 f.
1	ingénieur vérificateur gén. à . .		6,000
6	conservateurs à	6,000	36,000
6	inspecteurs à	3,500	21,000
6	secrétaires archivistes à . . .	1,800	10,800
1	agent spécial à		3,000
19	gardes généraux à.	2,000	38,000
31	gardes à cheval à	1,400	43,400
31	brigadiers à	700	21,700
192	gardes pied à	600	115,200
52	portiers à	300	15,600
	A reporter. . . .		330,700

	Report.		330,700
34	garçons gardes à	300	10,200
1	concierge du Bulard à		600
1	commissaire des routes à . . .		2,000
2	brigadiers des routes à	700	1,400
8	garde-routes à	600	4,800
	Réserves spéciales pour gratifications et secours		2,300
	Indemnité de logement à un inspecteur général		2,000
1	conservateur à		1,200
2	inspecteurs, dont un à 1,000 et un à 600 f.		1,600
6	gardes généraux à	200	1,200
11	gardes à cheval à	140	1,540
81	agens inférieurs à.	100	8,100
	Réserves spéciales pour augmentations ou omissions . .		300

MATÉRIEL.

Frais de tournée d'un inspecteur général. .	1,200
de bureau des conservateurs	18,000
des inspecteurs	6,000
Indemnité des médecins des conservations	2,500
Frais de baliage et de récolement	1,800
Frais d'arpentage et de réarpentage	7,400
Frais d'adjudic. des coupes, affiches, etc.	2,000
Redevances et contributions	370
A reporter.	407,210

Report.	407,210
Frais de conciergerie	910
Indemnité aux gardes de St-Cloud pour privation de bétail	2,000
Entretien des réverbères	200
Frais de surveillance des carrières	1,580
Fournitures de drap, broderies, guêtres, etc.	40,000
Entretien des plantations antérieures à 1830.	68,000
Plantations en 1830 dans les terrains défoncés en 1829	40,000
Défonces nouvelles en 1830	52.000
Semis.	26,000
Arbres de lignes	13,000
Réserve pour cas imprévus	1.100
Terrasse	55,000
Maçonnerie.	30,000
Charpente et serrurerie	25,000
Travaux d'assainissement	50,000
Treillages	85,000
Entretien des tirés	60,000
Frais judiciaires	6,000
Frais de façon des bois.	200,000
Contribution pour la réparation des chemins communaux et vicinaux	25,000
Fonds de réserve pour dépenses imprévues.	12,000
	1,200,000 f.

RÉPONSE

DE

M. DE CORMENIN,

A M. LE PRÉSIDENT DU CONSEIL DES MINISTRES.

PARIS,

Chez SÉTIER, Imprimeur-Libraire,
Rue de Grenelle Saint-Honoré, n. 29,
Et chez les Libraires du Palais-Royal.

—

1832.

RÉPONSE

DE

DE M. DE CORMENIN,

A M. LE PRÉSIDENT DU CONSEIL DES MINISTRES.

Monsieur,

Lorsque je vous ai vu monter à la tribune pour mendier, les mains jointes et d'une voix suppliante, l'aumône de la royauté; lorsque je vous ai entendu placer si noblement dans une question d'argent, les destinées de la patrie et l'honneur de la couronne, j'ai senti un feu de honte couvrir mon front, et je rougissais pour vous et pour un autre. des abaissemens de votre humilité.

Mais l'indignation a fait place dans mon âme à la pitié, lorsque, me désignant de l'œil et du geste, vous frappiez des éclats de votre colère les murs de notre salle, pour que l'écho en retentît dans un autre palais, et que, sujet ardent et fidèle, vous vous enivriez en espérance des serremens de mains et des félicitations désintéressées de votre maître.

Sachez que je m'honore de vos outrages, parce que je les souffre pour la liberté.

Vous vouliez m'attacher au poteau de votre majorité, et moi, je vous traduis devant le public de la presse indépendante.

Y a-t-il d'ailleurs une seule de vos incriminations qui ne s'évanouisse dès qu'on la touche?

C'est ainsi qu'en homme de parti, vous avez dénaturé, en la tronquant, mon opinion extra-parlementaire sur l'indemnité, mesure que j'aurais flétrie dans le sens de l'émigration armée et par conséquent criminelle, mais que je n'avais considérée seulement que dans ses rapports avec l'intérêt du principe de l'anti-confiscation, de la liberté individuelle, des acquéreurs et de la petite propriété (1).

Quel est celui qui, pendant quinze ans, a lutté dans le Conseil d'état et dans ses écrits, avec plus de labeur, de persévérance et de courage, pour la consécration des ventes des domaines nationaux? N'ai-je pas, dans le passage même de cette note de jurisprudence que vous incriminez, et que vous n'avez peut-être pas lue, payé mon hommage aux orateurs de l'opposition, et par conséquent à vous-même? Et ne dois-je pas vraiment admirer qu'un reproche si bien placé, me vienne du ministre d'un prince qui a été le mieux traité des indemnitaires, puisque la famille d'Orléans a touché du seul chef maternel 10,188,194 fr. 98 c. et que, par un procédé que je ne veux pas qualifier, elle a demandé la division des patrimoines, et répudié la succession paternelle, afin de laisser peser, sans compensation, sur l'état, dont on recevait 10,188,194 fr. 98 c., cinquante millions de dettes que l'état avait payés à la décharge de leur père; en même temps qu'au détriment des lois, du trésor et du pays, on se faisait adjuger, par une pure

---

(1) V. *Questions de droit administratif*, t. 2. p. 340, 3e édit. V. Dom. nat. et autres.

faveur de cour, l'apanage bénévolement dégrevé de toutes charges, remboursemens ou créances de l'état. Ce qui prouve que, sous aucun régime et dans aucune occasion, les gens éminemment économes ne négligent le soin de leurs petits intérêts.

Vous vous êtes ensuite accroché dans le tumulte de vos préoccupations monarchiques, à une phrase isolée de ma dernière lettre, pour en tirer, à la manière des réquisitoires, ce qui s'appelle un bon parti (1).

Mais, je vous le demande à vous-même, Monsieur, est-il bien loyal, est-il d'usage de traduire à la barre de la Chambre, un passage tronqué d'un écrit du dehors? Ne savez-vous pas qu'une phrase n'a souvent de sens et de valeur que par ce qui précède ou par ce qui suit; tandis que les discours lus tout entiers à la tribune, tout entiers entendus par la Chambre, tombent naturellement dans le domaine de la critique parlementaire?

Ce n'est pas que je réclame pour moi la convenance de ces précédens et de ces usages; moi qui trouve que nous ne jouissons pas d'une liberté de la presse et de la tribune assez étendue; moi qui voudrais, si j'étais un personnage plus considérable, que mes actions, mes

---

(1) V. 3e Lettre, p. 27, l'état fourni par les agens de la couronne, où l'on demande positivement, *un million* de rente pour des Chevaux!

V. pag. 10 la note du Bureau de bienfaisance du 12e arrondissement, où il est dit que 24,000 personnes manquent de *pain* et de *vêtement*, et sollicitent, comme une faveur, quelques *bottes de paille* pour se coucher.

Lecteurs, faites vous-mêmes le rapprochement, et admirez la bonne foi du ministre!

discours et mes écrits fussent continuellement sous les yeux et sous l'appréciation de mes concitoyens.

La phrase incriminée se défend, au surplus, d'elle-même; et quand vous me reprochez d'avoir voulu mettre aux prises la royauté avec le malheur, vous n'avez pas senti que je voulais seulement réveiller dans une âme royale quelques émotions de pitié. Et vous appelez une *image* les affreuses réalités de la faim et du désespoir! et vous vous permettez, avec une habileté travaillée, d'inculper mes intentions! Mais qui vous a donné le droit et la puissance de sonder le fond de mes pensées? Depuis quand, ainsi que notre vie domestique, nos intentions ne sont-elles plus une chose murée?

Vous dites que je n'ai pas osé entretenir la Chambre de mes doléances économiques! mais j'ose bien vous attaquer et je signe. J'aurais dû peut-être, n'est-ce pas, comme vos orateurs à la suite, aller prendre de vous le mot d'ordre, pour savoir quand je dois parler ou me taire? Mais apprenez que je ne suis ni votre sujet ni même votre serviteur. J'agis dans la pleine indépendance de mes propres directions. Je choisis, dans l'intérêt de mon pays, où je le préfère, le terrain de ma polémique, et comme je suis maître de mes discours et de mes actions, je suis maître aussi de mon silence.

Je sais bien que vous n'auriez pas été fâché de broyer ma parole, trop sincère et trop vive, entre les murmures et les froissemens de votre majorité. Vous êtes si généreux!

Que venez-vous toujours nous jeter à la tête votre royauté de juillet? Me prenez-vous pour un usurpateur de la souveraineté du peuple?

Il y a eu une révolution en juillet contre et pas pour une royauté, et je ne sache point que le peuple vainqueur se soit assemblé dans ses comices, pour en reconstituer une autre. Vous voulez parler apparemment de la royauté du 7 août, et celle-là vous savez qui pouvait la faire et qui l'a faite.

Mais brisons sur ce chapitre, car je ne pourrais décemment vous faire l'honneur de me mesurer avec vous, homme de finance, que si vous étiez aussi fort dialecticien que M. de Kératry, et je dois vous rendre la justice de dire que vous n'avez, de ce côté-là, aucune prétention, et que votre arme la mieux trempée, en matière de logique constitutionnelle, est celle du réquisitoire.

En assiégeant les abus, en me nommant, en montant sur la brèche, en m'exposant à vos coups, j'ai sacrifié, sans espérance, ma tranquillité à mon devoir, et je ne m'en repens pas.

Tout citoyen doit à son pays, ses biens, son repos, sa vie même et surtout la vérité. Ce n'est point en palliant le mal qu'on le guérit. Ce n'est jamais la vérité qui tue, c'est l'erreur.

Comment, lorsque vous recevez les félicitations de la couronne et que vous venez à elle les mains pleines d'or, de châteaux, d'apanages et de forêts, vous vous lamentez, et ne dirait-on pas que l'on étend sous vos reins un lit de feu? Et nous, lorsque sans autre inspiration et sans autre récompense que notre conscience d'honnête homme, nous consumons nos veilles à servir la liberté et à défendre les contribuables, croyez-vous que, déchirés par le fouet de vos calomnies, nous dormions sur des roses?

Mais c'est assez me défendre. Répondez à votre tour.

Non pas que je veuille, à votre irascible exemple, attaquer en vous l'homme privé, l'homme intentionnel, l'homme extra-parlementaire. Je ne prendrai pas sur vous cet avantage, et je m'arrête aux limites de mon droit.

Député, je ne me crois permis de considérer en vous que le député et non l'individu.

Lorsqu'en 1825, on vota la monstrueuse liste civile de Charles X, pourquoi vous, membre de l'opposition, gardâtes-vous alors le silence que vous reprochez à mes amis?

Lorsque j'entrai dans la Chambre de 1828, plein de votre renommée, je tendais l'oreille aux accens de ce fier tribun, et je la sentis glacée par le mutisme d'un ministériel.

Lorsque je demandai le rétablissement du jury pour les délits de la presse. ce jury qui nous venge aujourd'hui du scandale de vos procès, vîntes-vous m'appuyer? je ne m'en souviens pas.

Lorsque, fonctionnaire amovible, j'attaquais coup sur coup et corps à corps, aux risques de perdre le fruit de vingt ans de travaux, les cumuls, les sinécures et les folles prodigalités de la restauration, vous député si indépendant et si prompt, vous restâtes sans chaleur et sans voix pour me défendre (1).

(1) « Mandataires des contribuables, députés des départemens, » chez qui la contagion des cumuls et des sinécures, n'a point encore » pénétré, vous vous rappèlerez combien de sueurs, de larmes et de » gémissemens il en coûte au pauvre pour acquitter la moindre côte de » l'impôt, et vous répondrez qu'en présence de tant de misère. les éta» lages d'une indigente libéralité vous touchent peu, et qu'il y a plus

Lorsque je combattais l'hérédité de la pairie, me pressâtes-vous les mains avec Lafayette?

Lorsque je suppliais l'abolition des ruineuses dotations de l'autre Chambre, ne vous levâtes-vous point contre moi?

Lorsque je votai contre le budget de 1829, je n'entendis pas, en plongeant ma main dans l'urne, votre boule noire tomber sur la mienne.

Rabattez donc deux années de vos quinze ans d'opposition qui, malgré vous et si souvent, vous reviennent comme un remords!

Si vous alliez penser, Monsieur, que j'aie quelque antipathie pour votre personne, détrompez-vous. Si j'étais assez malheureux pour haïr qui que ce soit, je briserais ma plume; car la haine met le trouble dans la raison et l'injustice dans le cœur. Je ne le cacherai même pas: votre brusquerie me plaît lorsqu'elle ne s'emporte pas jusqu'à la colère, et j'aime le tour vif et naturel de votre éloquence, qui vaut cent fois mieux que les tirades de collége ampoulées que vous débitez à la tribune, et que vous n'avez pas faites.

Mais, en mon âme et conscience, vos doctrines politiques et la marche de votre administration mènent à mal mon pays, et mon devoir est de le dire, comme mon droit est de le prouver.

Souffrir, payer et se croire heureux, voilà vos maximes de finance.

» de vraie gloire pour un gouvernement à économiser à propos un seul
» écu qu'à en dépenser magnifiquement cent mille. »

Discours de M. de Cormenin sur les Cumuls. (Session de 1829.)

Mon langage n'a point changé, et le vôtre?

Renier les faibles et adorer les forts, voilà vos maximes de politique.

Placer l'honneur dans l'argent et la grandeur dans le luxe, voilà vos maximes de morale.

Vous tenir entre deux principes sans en adopter aucun ; parler sans cesse du pouvoir et jamais de la liberté ; des besoins fastueux du trône et jamais de la misère, de l'instruction et de la moralisation des peuples ; préconiser la révolution de juillet, et décliner ses hommes et ses conséquences ; contenir les uns par la peur et séduire les autres par les promesses : voilà le thème que, depuis 9 mois, vous jouez avec des variations, sur les mots guerre, émeute, crédit, presse, élection, pairie, liste civile ; vous allez par bonds tantôt lents, tantôt précipités ; vous vous jetez à droite et à gauche ; vous avancez et vous reculez ; vous fatiguez vos organes ; vous n'avez ni ensemble, ni unité de vues, ni plan de quelques jours, ni confiance dans votre propre génie, ni sympathies populaires, ni doctrines fécondes, ni haute moralité, ni avenir. Est-ce ainsi qu'on règne ? est-ce ainsi qu'on gouverne le peuple le plus intelligent et le plus sensible de la terre?

Qui sait votre esprit, sait vos paroles. Vous pouviez donc, Monsieur, vous dispenser de nous exposer vos argumens généraux sur la liste civile ; car, nous les connaissions d'avance. A qui veut beaucoup d'exagération dans le pouvoir, il faut aussi beaucoup d'éclat, de cette sorte d'éclat qui brille le plus à vos yeux, l'éclat de l'argent.

Vous avez commencé par inaugurer les effigies de la royauté dans le temple de la Bourse.

C'est très-bien ! maintenant, veuillez, je vous prie, nous réciter pieusement quelques articles de votre adorable symbole.

Le premier, dites-vous, est que Charles X coûtait à l'état 25 millions, tandis que Louis-Philippe n'en coûtera que la moitié; d'où il faut inférer que Louis-Philippe selon vous, et le canon de juillet selon nous, vaut à l'Etat 12 millions d'économie.

Vous faisiez mieux vos calculs, Monsieur, il y a deux ans, sur le comptoir de votre banque.

En effet, si vous vouliez bien retrancher la dépense entière de la vénerie, de la grande aumônerie, des maîtres-d'hôtel et gentilshommes de la chambre, des pensions, indemnités, avances remboursables, dettes et traitemens divers, de la monnaie des médailles, de la maison militaire, de la dotation des princes et des théâtres, et moitié sur les autres dépenses, vous verrez qu'il ne restait pas de net à Charles X personnellement plus de 7 à 8 millions. J'ai donc dû en conclure, avec 107 députés, que Louis-Philippe sera plus riche que Charles X.

La richesse. Monsieur, vous le savez mieux que moi, n'est jamais absolue, mais relative, et ne se suppute point d'après ce que l'on reçoit, mais d'après ce que l'on dépense.

Croyez-vous que si quelque jour il prenait fantaisie à quelque révolution de nous imposer un président au lieu d'un roi, et que ce président vînt à nous demander 4 millions de liste civile, en disant qu'il en épargne 16, puisque Louis-Philippe en touchait 20, nous ne lui répondrions pas que nous avons voulu un président à bon marché? Eh bien! nous voulons aussi avoir un roi à bon marché, et, pour le moment, nous ne l'avons pas, s'il est vrai que Louis-Philippe va jouir, en famille, d'un revenu énorme composé ainsi qu'il suit :

Liste civile.	12 millions.
Dotation de la couronne	4 millions.
Dotation du prince royal	1 million.
Apanage, biens de tutelle et privés .	7 millions.
Total	24 millions.

Sans compter 13 millions de capitaux, dit-on, dont six employés en acquisition de bois, et sept en prêts sur nantissement.

Voilà donc 24 millions de revenu, partie en bois qui couvrent la surface de 151 lieues carrées. Otez-en douze pour les charges, entretien, grâces et dépenses de toute nature, et Louis-Philippe fera, chaque année, au moins 12 millions d'économie net.

Honni soit qui mal y pense! Je parle ici sans acception de pays et de personnes.

Brésiliens et Wurtembourgeois, Bavarois et Belges, Anglais et Français, quel est le peuple constitutionnel qui ne tremble à l'aspect des proportions d'une liste civile démesurée?

C'est que, Monsieur, au fond d'une grosse liste civile, il y a plus qu'un chiffre. Il y a un symbole d'aristocratie et d'immoralité; il y a des machines de guerre contre la presse; il y a une entreprise vivante et organisée contre les institutions du pays; il y a une contre-révolution tout entière.

Le second article de votre culte, est qu'il faut éblouir les masses par l'éclat du trône, c'est-à-dire, en d'autres termes, qu'il faut leur jeter de la poudre aux yeux.

Mais c'est-là, permettez-moi de vous le dire, un métier de charlatan. Détrompez-vous, Monsieur, nous ne sommes plus au temps où les prêtres, cachés dans le tuyau d'une pagode dorée, faisaient rouler ses yeux et tonner sa voix, comme l'oracle vivant des dieux. Nous avons vu trop d'empires bouleversés, de majestés déchues, et de rois voyageurs, pour garder dans nos cœurs la plus petite étincelle de la religion monarchique. Quand je songe que, moi deux cent vingtième, j'aurais pu faire un roi en moins de temps et avec moins de peine, que je n'en mets à vous écrire ces lignes, vous concevez ce que peuvent être, d'après cela, le genre et la portée de mes illusions sur la royauté. Pour vous encore, je comprends que vous mettiez un peu d'amour-propre, en qualité de créateur, à embellir l'ouvrage de vos mains; mais le peuple qui n'a pas fait un roi, pas plus que moi; le peuple qui calcule, pas si bien que vous sans doute, le peuple se demande ce que ça peut coûter un roi. Il sait très-bien que ces fêtes théâtrales où il n'est point admis, ces carrosses reluisans dans lesquels il ne montera jamais, ces frémissemens d'une musique voluptueuse, dont les sons n'arrivent que de loin à son oreille, ces palais resplendissans du feu de mille bougies, ces délicatesses des banquets, ces éblouissemens du luxe, ces pompes, ces grandeurs, ces richesses, c'est lui pauvre, lui qui n'en jouit pas, lui qui les paie! Le peuple ne croit pas qu'il y ait dans les caves des Tuileries des filons souterrains d'où l'on tire, chaque jour, du minerai d'or; il sait que c'est lui qu'on exploite, lui seul. Il ne comprend pas pourquoi l'on donne tant de superflu, lorsque lui-même n'a pas souvent le nécessaire; et sa considération pour la royauté, loin d'augmenter, diminue en proportion de ce qu'elle lui coûte. Vous aurez beau lui dire que les Députés de la France, séduits jusqu'aux larmes, par l'attendrissement communicatif de votre éloquence, se sont laissés aller à donner, en son nom, tant de millions au roi; le peuple répondra que votre éloquence qui l'appauvrit, le touche fort peu; et, quant aux Députés qui font, avec tant d'obligeance, les honneurs de sa bourse, s'il allait demander tout simplement à voir sa signature au bas de leur mandat!

Votre troisième article de foi est: qu'il y a alliance entre les légitimistes et les hommes du mouvement, de même que M. de Serre disait qu'il y avait alliance entre vous et les hommes de l'extrême droite.

Ainsi, de ce que deux partis, opposés l'un à l'autre, prouvent que vous n'avez pas raison, vous en concluez que tous deux ont tort. La belle conclusion!

Ne comprendrez-vous point qu'il n'y a que les hommes, sans foi politique, qui s'allient pour se tromper?

Ne comprendrez-vous point qu'avant que les deux extrémités ne se joignent, ils vous rencontreraient en chemin, puisque vous vous trouvez au juste-milieu!

Ne comprendrez-vous point que vous n'êtes ni dans la légitimité ni dans l'usurpation, ni dans la guerre ni dans la paix, ni dans l'erreur ni dans la vérité, ni dans le bien ni dans le mal. Où êtes-vous donc? Je viens de le dire:

Ne comprendrez-vous point enfin que la révolution de juillet est tout entière dans le principe de la souveraineté du peuple, substituée au principe de l'octroi royal, et que votre capitale erreur est de confondre perpétuellement ces deux principes, dont les conséquences s'éloignent entre elles de toute la distance qu'il y a entre le droit et l'arbitraire, entre le monopole et la nationalité.

Votre souveraineté, ce n'est pas celle du peuple que vous reniez dans votre symbole, c'est celle de la raison, c'est-à-dire de votre raison à vous, qui n'est pas la mienne, ni celle d'un autre. Votre drapeau, c'est celui de la légalité. La légalité de quoi? Je vous préviens que j'ai dans mon Bulletin, à votre service, 32 mille légalités de toute forme, de toute origine et de toute couleur. Laquelle est-ce donc? votre figure de légalité est tellement barbouillée sur le drapeau du 13 mars, que je ne puis la reconnaître.

Au surplus, ce n'est pas la moindre de vos inconséquences de vous imaginer que vous êtes conséquent, et vous vous surprenez, par momens, à croire que vous avez un systême et des principes.

Toutefois je dois avouer que dans la confusion inextricable, parlementairement dite *gachis*, où nous nous trouvons enfoncés, il n'est pas très-facile de s'ajuster et de se remettre; et je ne serai pas assez exigeant pour vous prier de vouloir bien concilier une royauté populaire avec l'absence du peuple dans les assemblées primaires, dans les assemblées communales, dans les assemblées électorales, dans les assemblées législatives; une royauté constitutionnelle, avec une seconde chambre nommée par les ministres; une royauté bourgeoise, avec tant de châteaux; une royauté économe, avec tant de millions; une royauté citoyenne, avec la qualification insolente de sujet; une royauté française, avec le funèbre abandon de la Pologne; une royauté modeste, avec des couronnes de chêne ou de laurier sur ses images; une royauté républicaine, avec une cour, des dames présentées, des deuils officiels, des trônages le chapeau sur l'oreille, en présence des députés de la nation, tête nue, des appellations féodales, des maisons princières et des oripeaux monarchiques !

Votre quatrième article de Foi est que s'il est permis d'examiner les actes des ministres, il n'est pas permis de jeter un œil profane sur la personne du monarque, et vous soutenez cette partie de votre symbole, en objectant aux traits qu'on lance sur la liste civile, le bouclier de l'irresponsabilité royale ; mais quelle que soit encore aujourd'hui l'étendue de cette fiction, à laquelle la révolution de juillet a fait une si rude brèche, l'irresponsabilité royale ne va pas jusqu'à séparer la personne du prince de la constitution de sa maison.

Car la liste civile est un service public. Or, quand je discute un service public dont quelque ministre répond, j'ai droit de discuter le ministre ; mais quand je discute un service public dont le ministre ne répond pas, qui donc répondra, et qui discuterai-je ?

Lorsque le ministre ne dit pas ce qu'il veut pour le prince, et que le prince lui-même n'explique pas ses dépenses, ne faut-il point, de toute necessité, que les députés, pour remplir leur devoir, pénètrent dans l'intérieur de ses goûts, de son caractère, et de sa maison ?

Comment ! j'aurai pu dire que Charles X était un roi parjure, et je ne pourrai pas dire que Louis-Philippe est un roi économe ? Comment, les pontifes chrétiens pourront, dans la chaire de vérité, tonner contre les vices des rois absolus, et moi, mandataire du peuple, je ne pourrai point, par l'organe de la presse-vérité, blâmer les penchans d'un roi électif, et la rapacité des courtisans ? est-ce que la presse n'est pas aussi un pontificat politique, le plus saint de tous ? est-ce qu'il faudra que pour plaire à ceux qui reçoivent, j'épaississe le bandeau sur les yeux de ceux qui donnent ? est-ce que, quand je vois qu'on va forcer la caisse du peuple pour en tirer de trop fortes sommes, moi sentinelle, je ne dois pas crier au secours ? Est-ce que, parce que vous avez fait de Louis-Philippe un roi irresponsable, vous auriez prétendu en faire un homme infaillible ? Pour oser prêcher, en pleine chambre, de si grosses hérésies, vous vous croyez donc bien sûr de votre majorité!

Votre cinquième article de Foi, et vous croyez beaucoup à celui-là, est que Louis-Philippe a fait un sacrifice sublime en acceptant le fardeau de la couronne.

C'est, en effet, un genre de sacrifice assez semblable à celui que vous prétendez avoir fait en acceptant le fardeau du ministère. Il y a, Monsieur, trop d'orgueil peut-être, dans un ministre et dans un roi, à s'imaginer que la nation ne pourrait vivre sans eux. Est-ce que les nations périssent, faute d'un homme ? Napoléon qui portait l'Europe dans la paume de sa main, est tombé, et la France est encore debout ! Quoi ! la France périrait irréparablement si l'un ne règne et si l'autre ne gouverne. On ne murmure, à voix douce, ces flatteries-là que dans les palais des rois, et dans les salons de leurs ministres. Sachez, Monsieur, qu'il n'y a d'irréparable que la honte de trahir la liberté après l'avoir servie !

A qui persuaderez-vous que tout autre gouvernement eût laissé Louis-Philippe d'Orléans, à une lieue de la capitale, compter tranquillement ses cinq millions de rente, sous les frais ombrages de Neuilly ? Il fallait choisir entre la patrie et l'exil, entre des biens immenses et la confiscation peut-être, entre l'éclat du trône et les tristesses d'Holy-Rood, entre une liste civile de 20 millions, qui pointait dans l'avenir, et les extrémités nécessiteuses d'une fuite précipitée.

Voilà l'expiation des amertumes du sacrifice! le voilà réduit, sans flagornerie et sans phrase, à sa plus simple expression.

Comparez maintenant ce sacrifice à celui de l'artisan et du laboureur qui quitte la bêche ou la navette, seul gagne-pain de sa famille, non pour monter sur le plus beau trône de l'univers, mais pour aller obscurément mourir sur quelque champ de bataille, en défendant sa patrie.

Mais ce n'est point pour cet ignoble prolétaire que vous avez étudié l'art de cadencer vos soupirs, et que vous avez des larmes dans la voix!

Enfin le sixième et dernier verset de votre crédo symbolique est, qu'il y a légalité à ne point forcer le prince en recette des 9 millions 500,000 fr. qu'il a reçus de trop.

Que vous interprêtez mal Louis-Philippe!

Un roi qui a l'âme grande ne regarde pas, Monsieur, lorsqu'il s'agit de bénéfice personnel, ce qui est légal, mais ce qui est loyal. Il ne laisse point planer sur les plus grands citoyens, pour se faire généreux sans générosité, le soupçon d'un don avilissant. Il entend crier au fond de son cœur une voix qui lui dit : rendez ou justifiez! Enfin, il se souvient, au besoin, qu'il y a des comptes plus anciens dont le peuple a fait solder l'arriéré!

Ah! Monsieur, quel scandale pour un sujet aussi pieux, lorsque, malgré votre appel à notre touchante *unanimité*, vous avez vu 107 incrédules, renier significativement avec moi, votre symbole, votre liste civile et vous!

Si, après les glorieuses journées de juillet, nous avion eu le bonheur d'avoir pour roi Henri IV et pour ministre un autre Sully, et qu'un tel roi, accompagné d'un te ministre, fût venu à notre chambre des députés, et nou eût dit :

« Messieurs, je suis touché des excessives profusions d votre libéralité; mais j'ai de grands biens, et je ne veu rien prendre dans la bourse des contribuables. J'aurai souci qu'on se prît à dire : Vous voyez le roi Henri qu demande tant d'écus; si c'était pour donner de grosse dots à ses filles, pour amortir les journaux, pour cor rompre les représentans de la nation, ou même seule ment, pour le contentement de thésauriser !

» Je serais bien honteux que ces braves gens de Pari et des autres pays de France, se montrassent plus désin téressés que moi, et qu'ils retinssent sur leur nécessaire de quoi augmenter démésurément mon superflu. Je n veux pas qu'il soit dit que, par levées d'argent et pour moi j'aie empêché quelque Français de mettre la poule au po le dimanche, et que, pour faire danser les courtisans, j'ai cassé les violons du peuple. Je ne veux pareillement qu mon fils aîné soit renté par le trésor de l'état; car j'a envoyé mes enfans au collége pour en faire, non de princes, mais des citoyens. Je puis, avec les bons revenu de mes terres, maisons, forges, usines, canaux, bou tiques, forêts, rentes, indemnités et capitaux, satisfair royalement à leurs besoins et plaisirs, et même, du rest de mes épargnes, je veux, dans ces temps durs, sou lager les pauvres qui souffrent et qui se lamentent. Car après ma suffisance, mon bien est à eux. Mon trésor c'est leur amour, mon cœur voudrait être assez gran pour les contenir tous, et ma meilleure envie est qu'ils n n'appellent pas tant leur roi que leur père. »

Croyez-vous, Monsieur, que ce simple discours n'eût pas rendu le roi plus riche de l'affection du peuple, qu'il ne le sera avec bien des millions, et plus puissant qu'il ne le deviendra avec des centaines de mille hommes ? C'est le chemin des cœurs qu'il faut savoir trouver, et malheureusement jusqu'ici vous n'avez su trouver que le chemin de notre bourse.

Qu'avez-vous fait de cette France si resplendissante de patriotisme et de gloire, aux rayons brûlans de juillet ? Vous avez comprimé les pieds et les mains de cette géante, et vous avez attaché à ses flancs les lourdes aîles de la peur ; vous avez fait de cette femme libre une flatteuse, et de cette reine une mendiante ; vous n'avez compris ni votre siècle, ni votre pays ; vous n'avez vu dans la profondeur sociale d'une révolution que la superficie d'un accident, et qu'un changement de roi dans le changement d'un principe ; vous n'avez cherché la paix extérieure que dans les mensonges des protocoles ; vous pouviez faire alliance avec les peuples et vous l'avez faite avec les rois ; vous avez jeté sous la massue autrichienne, ces fils des anciens romains, ces héros tout frémissans de liberté, qui se ressouvenaient de leurs pères ; vous avez laissé la Pologne aux prises avec un barbare, lutter pour vous, lutter sans vous jusqu'au dernier jour, et expirer en vous maudisant ! (1).

---

(1) Avez-vous lu, Monsieur, les foudroyantes paroles que vous adresse aujourd'hui le président du gouvernement national de la Pologne, ces paroles dont nous rougissons pour vous.

« Un permis de séjour m'a été refusé par le président du conseil.

Et votre administration intérieure, quels ont été ses actes, son esprit, sa paix, ses instrumens, ses services, sa gloire et sa force? Vous avez comprimé les émeutes par la puissance des baïonnettes, au lieu de les prévenir par les développemens du travail et les concessions de la liberté; vous n'avez pas senti, malgré les hautes révélations de juillet, qu'il y avait plus de moralité, de patriotisme, de vertu et de lumières, parmi les prolétaires de la pensée et des beaux-arts, de l'agriculture et de l'industrie, que parmi ces classes supérieures que travaillent, sous des formes élégantes, les corruptions de l'ambition et l'égoïsme de la cupidité; vous n'avez pas vu qu'il y avait souvent plus de désintéressement dans l'âme d'un ouvrier, que dans celle d'un roi. Vous avez substitué, au principe de la souveraineté du peuple le principe de l'omnipotence parlementaire; et comme vous avez cru que pour faire une constitution et un roi on pouvait se passer d'un congrès national, vous croyez qu'avec l'opinion d'une majorité législative, on peut se passer de l'opinion du pays. Vous avez condamné à la mort politique, 9 millions 800 mille citoyens sur 10 millions; vous avez, au mépris des suspensions de la Charte, institué des législateurs par ordonnance; vous avez refoulé, vers le centre de vos bureaux, la vie des

---

» Je vais donc chercher une terre *plus hospitalière*, et je dis mes
» adieux à la France, en protestant, *devant ses mandataires*, contre
» un acte du gouvernement, dont la nation n'acceptera pas sans
» doute la responsabilité. »

Ainsi, Monsieur, à la prière d'un Russe, vous traquez les Polonais, vos frères, vos sauveurs peut-être, sur la terre hospitalière de France, et en face de cet anathème, vous pouvez danser, vous pouvez dormir!

extrémités de l'empire; vous avez imprégné du fiel de votre colère les âmes des députés, comme ces odeurs âcres et fortes qui corrodent et brûlent tout ce qu'elles touchent; vous avez matérialisé le génie et la moralité de la révolution de juillet; vous avez énervé sa force et mouillé ses flammes; vous avez laissé tomber sur nous, du haut de la tribune, la flétrissure de sujet, et vous ne l'avez pas effacée par un désaveu solennel!

Vous garottez la presse dans les liens du timbre et de l'incarcération provisoire, et vous osez dire que la presse est libre! Vous laissez subsister le monopole universitaire, l'excès des pensions, la souillure des jeux, l'immoralité des sinécures, et le scandale de la loterie, et vous prétendez que vous aimez le peuple! Vous déguisez sous l'artifice des chiffres, l'énormité de nos dépenses, et la menace pendante d'une banqueroute, et vous faites célébrer par vos orateurs que le printemps de la prospérité publique fleurit au milieu de l'hiver! Vous contraignez le pauvre par l'exorbitance de vos impôts, à boucher la seule croisée par laquelle filait jusqu'à lui quelque rayon de lumière, et vous en affranchissez les innombrables fenêtres des innombrables palais du roi citoyen! Vous faites crier à l'encan par vos percepteurs, les meubles de la femme du peuple qui ne peut pas payer son douzième, et vous mendiez pour un seul homme, mois par mois, un million insaisissable de provisions alimentaires! vous lancez des contraintes contre l'employé qui, sur la feuille d'émargement, a touché quelques centimes de trop, et lorsque le premier fonctionnaire de l'état a reçu du trésor 9 millions au-delà de son traitement, vous demandez, Monsieur, que sans justification de dépenses, sans contrôle, sans décompte, sans énonciation, sans rapport, on vous aumône encore ce don féodal de joyeux avénement.

Allez maintenant et réjouissez-vous !.. Le peuple, par les mains de ses représentans, s'est dépouillé pour vous vêtir, vous nourrir et vous loger. Ses trésors, ses palais, ses jardins, ses parcs, ses eaux, ses diamans, ses bibliothèques, ses musées, ses fermes, ses forêts, il vous a tout remis; il ne lui reste plus rien que son ilotisme et sa misère. Vous devez être content !

Mais souvenez-vous que la logique ordonne le monde, et que les gouvernemens ne manquent jamais impunément aux conditions de leur principe. Souvenez-vous que lorsque l'esprit de vertige s'empare une fois de quelque dynastie, ni la puissance des baïonnettes, ni l'invocation des chartes, ni les cris, ni le désespoir, ni les bras tendus vers le ciel, ni les larmes tardives du repentir, ne peuvent la retenir sur le glissant du précipice. Il n'est plus temps alors de retourner en arrière. Marche, lui dit en la poussant le démon de la fatalité ; marche, marche donc! et n'entendez-vous pas les dynasties de Louis XVI, de Napoléon, de Gustave, de Guillaume, et de Charles X, qui tombent avec fracas les unes sur les autres, et qui roulent pêle-mêle au fond de l'abîme?

Les peuples libres n'abdiquent jamais leur souveraineté. Ils prêtent le pouvoir, ils ne le donnent pas.

Lorsqu'une dynastie ne fonctionne plus à son usage, la nation lui retire la puissance qui vient d'elle et qu'elle lui avait communiquée. Alors qu'on croit qu'elle rétrograde, la liberté ne fait que des pauses. Et puis ensuite, semblable aux dieux d'Homère, elle s'avance par bonds dans les champs de l'avenir. Je le crains bien, Monsieur, les races dynastiques s'en vont, et peut-être avant qu'un demi-siècle ne s'écoule, le soleil, dans sa course, ne les verra plus sur la terre d'Europe. Ils approchent ces temps de nationalité où, les despotes armés du compas des protocoles, ne se distribueront plus les peuples sur la carte, comme les bouchers, dans une foire, se distribuent des lots de moutons; ces temps de la grande civilisation où, l'excessive misère ne sera plus aux prises avec l'excessive richesse, l'ilotisme avec le monopole, le travail avec l'oisiveté, la vertu avec la corruption, le désintéressement avec la cupidité, et l'intelligence avec la matière; ces temps des gouvernemens à bon marché où, des listes civiles de 20 millions pour un seul homme, quelsque soient son nom et son rang, ne figureront plus que dans l'imagination orientale de quelque conteur des mille et une nuits; ces temps enfin où la liberté, réveillant le reste des nations endormies sous les tentes du despotisme, leur dira d'une voix forte ce que vous dites à vos centres: Peuples, attention! debout!...

Imprimerie de SÉTIER, rue de Grenelle Saint-Honoré, n. 29.

www.ingramcontent.com/pod-product-compliance
Ingram Content Group UK Ltd.
Pitfield, Milton Keynes, MK11 3LW, UK
UKHW031856260826
14628UKWH00002B/808